長屋の仇討ち

大江戸秘密指令5

伊丹完

時代小説
二見時代小説文庫

目次

長屋の仇討《あだう》ち——大江戸秘密指令5

長屋の仇討《あだう》ち――大江戸秘密指令5・主な登場人物

勘兵衛《かんべえ》……絵草紙屋「亀屋《かめや》」の店主と長屋の大家を兼任する元小栗藩《おぐりはん》勘定方権田又十郎《ごんだまたじゅうろう》。

松平若狭介信高《まつだいらわかさのすけのぶたか》…若くして老中に抜擢された小栗藩藩主。

田島半太夫《たじまはんだゆう》…小栗藩の老練な江戸家老。若狭之介に隠密を使っての世直しを勧めた男。

井筒屋作左衛門《いづつやさくざえもん》…通旅籠町《とおりはたごちょう》の表通りの地本問屋・井筒屋の主。半太夫の配下の隠密だった。

仁吉《にきち》……博奕打ちながら町方の手先も務める男。「黒江町《くろえちょう》の親分」が通り名。

大黒屋庄太郎《だいこくやしょうたろう》…深川今川町の材木問屋・大黒屋の若旦那。女癖の悪い遊び人。

大黒屋庄兵衛《しょうべえ》…大黒屋の主。仏の庄兵衛と呼ばれ深川界隈では慕われる存在だが……。

板川秀月《いたがわしゅうげつ》…庄太郎の取り巻きの美人画の絵師。不行十時《ふゆきとどき》の名で枕絵も描く。

安五郎《やすごろう》……庄太郎の下衆《げす》な遊びの道具に使われている関取くずれ。

原田時次郎《はらだときじろう》…父十兵衛《じゅうべえ》と妹小夜《さよ》の敵《かたき》を探し諸国をめぐる三州《さんしゅう》浪人。

瓜生嘉右衛門《うりゅうかえもん》…三河《みかわ》地方のさる藩の元大目付《おおめつけ》。息子、幸之助《こうのすけ》の不始末隠蔽のため奸計を巡らせる。

半次《はんじ》……勘兵衛長屋の産婆お梅《うめ》の隣に住む大工。元作事方で芝居好きの声色《こわいろ》の名手。

橘《たちばな》左内《さない》……半次の隣に住む元馬廻り役。ガマの油売りの浪人となった居合の達人。

恩妙堂玄信《おんみょうどうげんしん》…元江戸詰めの祐筆《ゆうひつ》で学識豊富な男。勘兵衛長屋の住人となり大道易者になる。

お京《きょう》……家老田島半太夫の直属だった若い元忍び。変装・潜入もお手の物の女髪結い。

第一章　花見月

一

「旦那様、上野《うえの》はそろそろ満開のようでございます」

番頭の久助《きゅうすけ》がうれしそうに言う。

「なるほど」

日本橋《にほんばし》田所町《たどころちょう》の絵草子屋亀屋《かめや》の主人、勘兵衛《かんべえ》は久助がいれてくれた朝の茶をうまそうに飲みながら、うなずく。この近所でも桜が花開いているのを見かけたばかりだ。

「今が一年で一番いい時節かもしれないね」

晩春三月の半ば、冬の厳しい寒さが遠のき、桜が咲くといよいよ夏も近いが、うだるような暑さはまだまだ先のこと、世間はほんのりと暖かく、人々の身も心も穏やかである。

「さてと」

勘兵衛はゆっくり立ち上がる。

「朝の見廻りに行くとしよう」

「行ってらっしゃいませ。朝餉はお帰りまでに支度しておきます」

見廻りといってもそう遠くではない。勘兵衛は店のすぐ脇にある長屋の大家も兼ねている。朝の見廻りは一日の始まりの挨拶、店子《たなこ》九人の安否の確認でもある。

長屋の木戸は明け六つには開いている。北側の一棟に五軒、南側の一棟に五軒、路地を挟んで二棟向かい合わせの十軒。真ん中あたりに井戸、奥に掃きだめと厠《かわや》、一軒の間取りはいずれも九尺二間。どこにでもあるごくありふれた裏長屋である。

毎朝、早起きのお梅《うめ》が木戸を開けてくれる。還暦《かんれき》を過ぎており、長屋の住人のなかでは一番年長だが、まだまだ元気だ。

「大家さん、おはようございます」

勘兵衛が木戸を入ると、たいていお梅が井戸端で大根を洗っている。よほど大根が好きなようだ。

「お梅さん、おはよう。いつも早いね」

「はい、こう陽気がよろしいと、寝床でいつまでもくすぶっているのはもったいないですからね」

「うん、達者の秘訣は早寝早起きと言うんだろ」

「早起きは三文の得とも言います」

「前にも聞いたよ。道に三文が落ちてるのを拾うわけじゃなく、早寝早起きしていれば、医者も薬もいらず、一日三文以上の値打ちがあると」

「まあ、大家さんたら、あたしのお株を取られちゃったわ」

「お梅さん、大根が好きなようだけど、それも体にいいのかい」

「いいですよ、大根。おろしてもよし、煮てもよし。滋養があって、血のめぐりがよくなり、医者いらず」

稼業は産婆だが、元は奥医師の寡婦。

「ほう、大根も医者いらずなのかい」

「陽気がよくなると、食あたりも増えるでしょ。刺身のつまに大根を使うのは、魚にあたらないためですよ」

「それは知らなかったな。大根であたらないとは」

さすがに医術にも薬学にも詳しい。

「おはようござんす。大家さん、お梅さん、おふたり、いつもお早いですね」

お梅との話し声で、大工の半次《はんじ》が顔を出した。

「半さん、おはよう」

「へっへっへ、ぱっとしない芝居の役者を大根なんて言いますけど、主役の添え物で大根のつまかと思ったら、そうか、当たらないから大根役者なんだな」

芝居好きの半次は大根役者のいわれを知って、うれしそうだ。

「おはようございます」

「おはようござんす」

「おはようござる」

みんなぞろぞろと顔を出す。

「はい、おはよう」

一同を見渡し、鷹揚にうなずく勘兵衛。

木戸を入って北側のとっつきが産婆のお梅、その隣から順に大工の半次、ガマの油売りの浪人橘左内《たちばなさない》、鋳掛屋の二平《にへい》。南側が手前から箸職人の熊吉《くまきち》、小間物屋の徳次郎《とくじろう》、大道易者の恩妙堂玄信《おんみようどうげんしん》、飴屋の弥太郎《やたろう》、女髪結のお京《きよう》。北の端っこが空き店なので、全部で九人。今朝も顔触れは無事に揃っている。

どこの町内にもある裏長屋で、住人も小商人や職人など市井《しせい》の庶民ではあるが、それは世を忍ぶ仮の姿。公儀老中となった小栗《おぐり》藩主松平若狭介《まつだいらわかさのすけ》の家中から密かに選ばれ、ここに集められた異能の隠密たち。それを差配するのが大家勘兵衛の役割なのだ。毎朝欠かさぬ見廻りは点呼であり、通達や報告の共有でもある。

先月は采女ケ原《うねめがはら》で胴斬りにされた夜鷹の一件から、長屋の一同がそれぞれの特技を活かし、勘兵衛の指揮のもと、若狭介の指令をあおぎ、芳町《よしちょう》の色子《いろこ》茶屋を背景にした元幕閣の悪事を暴いて、連なる悪人どもを追い詰めた。

あれから半月、世間は平穏、天下泰平である。

「今日もいい天気だね」

「へへ、ほんとですねえ。こう陽気がいいと、浮き浮きしちゃうなあ」

お調子者の半次が空を見上げる。

「なに言ってんだい、半ちゃん。おまえ、天気がよかろうと悪かろうと、いつも浮き浮きしてるじゃないか」

横から小間物屋の徳次郎が茶化す。半次は元作事方、徳次郎は元小姓、ふたりとも小栗藩松平家に仕える武士だったが、今は完全に長屋の町人で、年齢が近くて馬が合うのか、いつも軽口を言い合う仲だ。

「色男の徳さんに言われちゃ、かなわねえ。おまえのほうこそ、商家の女中たちにちやほやされて、浮かれてんだろ」

櫛《くし》や簪《かんざし》、紅《べに》や白粉《おしろい》といった女たちの喜びそうな小間物を担いで、うまく取り入って台所へ入り込み、内情を探り出すのが美男で爽やかな徳次郎の得意技なのだ。

「半ちゃんも徳さんも、浮かれるのは無理ないわ」

女髪結のお京がにやつく。

「だって今はどこへ行っても、桜が花盛りなんですもの」

「そうなんだよ、お京さん」

我が意を得たりと、半次は大きくうなずく。

「ぱあっと花開いて、見事なもんだ。お京さんの色香には負けるけど」

「ありがと。うまいこと言うわね」

軽く鼻であしらうお京。

「隅田堤《すみだづつみ》が満開で人がいっぱいでしたが、飴は売れなかったなあ。飴より団子がよかったかもしれません」

往来で飴を売り歩く弥太郎はそう言いながら、残念そうでもない。

「さよう。上野も桜吹雪が舞って、拙者の紙吹雪はまるで目立たず、ガマの油も弥太郎殿の飴と同様、さほど売れなかった」

　浪人の橘左内は剣の達人で何人も悪党を斬っているが、普段は露店で半紙を細かく切り刻み紙吹雪を散らしながら、ガマの油を商っているのだ。隠密に選ばれた際、市井の町人になるよう指示されたが、国元の出羽《でわ》生まれ、とても江戸の町人言葉はしゃべれないと、藩士の身分は捨てても浪人のままである。

「ほんと、今は商売どころじゃありませんね」

　鋳掛屋の二平が苦笑する。

「二、三日前からどこの町内を流していても、ぞろぞろと花見に行く人たちに出会いますよ」

　色黒で小柄の二平は炭団《たどん》小僧などと呼ばれていても、小僧どころか四十がらみのいい歳である。国元で鉄砲足軽だったが、鉄砲方が廃止され、本所《ほんじょ》の下屋敷で武器庫の番人をしていた。様々な武器や火薬に精通しているのを見込まれて隠密に選ばれ、普段は鍋や釜を修理する鋳掛屋として町を流しているのだ。

「そうですな。三月弥生《やよい》は花見月とも申しますぞ。例年は三月上旬が開花ですが、今年はちと遅いようです。いずれにせよ、花といえば桜、王朝の古《いにしえ》より人々は桜を愛でておりました」

易者の恩妙堂玄信が言う。元は江戸詰の祐筆《ゆうひつ》であったが、妻子はおらず、知ったかぶりを同輩に疎《うと》んじられ、屋敷勤めに嫌気がさして、隠密に加わった。和漢の書から戯作《げさく》や芸能に至るまで諸事に詳しく、歩く生き字引。長屋の一同から先生と呼ばれている。

「先生。王朝の古って、そんな昔から花見があったんですか」

お梅が感心する。

「桜の木は神代の昔からありました。桜には神が宿り、花見は厄除《やくよ》けになっていたのです」

「まあ、厄除けですって」

お京はみんなを見渡す。

「この中にもそろそろ厄の人がいるんじゃない」

左内と二平が顔を見合わせる。

「大家さん、あたし、思いついたんですけど」

お梅が言う。

「玄信先生がおっしゃるように、花見が厄除けになるのなら、こんな婆さんになって、女の後厄もとっくに過ぎていますけど、満開の花の力は人を元気にするというのを聞いたことがあります。みんなで花見に行くってのはどうでしょう。実はあたし、この歳になるまで花見、一度もしたことがないんです」

「ほう、お梅さん」

勘兵衛は考える。

「長屋のみんなで花見か。ぞろぞろ花を見ながら歩くんだね」

「それだけじゃ、つまんないですよう」

横から半次が口をとがらせる。

「歩いて見るだけじゃなくて、満開の花の下で、毛氈敷いて、飲んだり食ったりがほんとの花見です。いつもは大家さんの二階に集まって、飲みながらいろいろと楽しんでますけど、花の下ってのは乙なもんだと思います」

「あらあ、半ちゃん、たまにはいいこと言うわね。あたしもそれなら花見に行きたいわあ」

お京に言われて、半次は有頂天になる。

「でしょう、お京さん。ねえ、大家さん、みんなで行きましょうよ。ここんとこ、しばらく普請もないから、ちょうどいいや」

「うむ」

勘兵衛はさらに考え込む。ぞろぞろと花を見ながら歩くぐらいならば、どうということもなかろう。が、一同揃って花の下で飲んだり食ったり。勘兵衛は昨年の夏までは小栗藩勘定方の権田又十郎《ごんだまたじゅうろう》であったが、隠密拝命の折、旅先で死んだことにして葬儀も済ませ、長屋の大家に生まれ変わったのだ。他のみんなもそれぞれ事情を抱えて名前や身分を捨て、市井に潜んでいる。昼日中、人の大勢集まる花の下で宴《うたげ》を張って、かつての知り合いに見とがめられたりしないだろうか。

「拙者も露店で油を売るより、たまには路上の花の下で一献傾けるのも一興かと存じます」

あまり付き合いのいいほうではない左内が言ったので、熊吉もうなずく。

「どこの長屋でもみんなぞろぞろ花見に行くようです。花の下で食う飯はさぞかしうまいでしょう」

ほとんど長屋に閉じこもっている大男の熊吉までそんなことを言ったので、勘兵衛は驚いた。

「へえ、熊さん、おまえさんも花見に思し召しかい」

「この大きな体で目立つのはいやですけど、花見ならば桜に気をとられて、だれもあたしのことなんか見向きもしないんじゃないかな」

なるほど、そういう考え方もあるか。見物人は花しか見ない。元の身分さえ露見しなければ、花見もいいだろう。

「わかったよ。じゃ、みんなで花見に行こう」

「おおっ」

歓声があがる。

「わたしの卦《け》では、明日も快晴ですぞ」

玄信が空を見上げて言う。

「では、明日にしましょう。みんな仕事の段取りは大丈夫かい」

「はいっ」

そりゃそうだろう。裏長屋の住人ながら、その日の稼ぎがなくとも、だれも暮らしには困らない。世間一般の長屋では晦日《みそか》に大家が店賃《たなちん》を取り立てるが、ここ勘兵衛長屋では晦日に店賃と称して過分の手当が支給されるのだ。

「拙者、今日も上野でガマの油を商いいたすが、明日から休みにして、露店の場所は他の香具師《やし》に譲るよう元締めに伝えます」

「左内さん、お仕事を休ませて申し訳ないですな」

「この時節、花見客をあてこんで、みんな場所を欲しがっております。拙者ひとり抜けたところで大事ござらん。油を売るよりも、花見が楽しみでござる」

「わかりました。では、明日は長屋の花見らしく繰り出そう。桜の名所といえば」

すかさず弥太郎が応える。

「やっぱり上野か飛鳥山《あすかやま》ですかね。あとはあちこち咲いていますよ。高輪《たかなわ》方面なら御《ご》殿山《てんやま》、川向こうの向島《むこうじま》なども」

「一番はどこだい」

「桜の木の一番多いのは飛鳥山でしょうな」

玄信が言う。

「八代吉宗《よしむね》公の御代、将軍家自ら千本以上も植樹されたと伝えられており、今はもっと増えて二千本はありましょう。場所も広うございます」

「じゃ、人も多いだろうね」

「上野もたしかに桜は多く、名所ではあり人出もあります」

「卒爾《そつじ》ながら、玄信殿」

「はい、左内さん。なんでしょう」

「拙者、上野はちと困り申す。今日までガマの油の店を出して、明日に同じ場所で花見となると、気が引ける」

「はい、わたしも名所と言っただけで、上野はあまりお勧めしません」

「そうでしょう、先生」

「ここからは近くて便利ですが、なにしろ寛永寺《かんえいじ》の境内ですので、山同心の巡回もあり歌舞は禁物、花の下の宴席には向かないと思われます」

「なるほど」

勘兵衛は大きくうなずく。どうせなら、場所が広くて、桜の木も多く、人が大勢集まるところのほうが、かえって目立たないかもしれない。隠密は目立ってはいけないのだから。花を見るだけなら上野は近くていいが、今日まで左内が油を売っているのでは、ちと都合も悪かろう。それに小栗藩上屋敷のある小石川《こいしかわ》にも近い。

「では、飛鳥山にしようかね」

「はいっ」

「酒は先月、井筒屋《いづつや》の旦那から頂戴した樽にまだ残っている。徳利何本かに分けて持っていくことにしよう。料理は」

「大家さん」

熊吉がぼそっと言う。

「なんだい、熊さん」

「差し出がましゅうございますが、明日の花見の支度、料理はあたしにお任せ願えませんでしょうか」

「え、おまえさんに」

「花見なんて、滅多にありません。久しぶりに他人《ひと》様のため、腕をふるってみたくなりました」

そうか。熊吉は元は賄方《まかないかた》だった。普段は長屋で箸を削っているだけだが、料理の腕前は相当にできるのだろう。

「じゃ、うちの台所を使うがいいよ」

「そう願えれば、助かります。この陽気ですから、あまり早く作りすぎると傷《いた》んで食あたりの懸念もあります。昼間のうちに材料を用意して、今日のところは下ごしらえだけ、明日の朝にさっと仕上げるようにいたします」

「ほう」

勘兵衛は感心する。さすがに元賄方だけあって、手順を心得ているようだ。

「じゃ、今日は亀屋の商売は早仕舞いにして、熊さんには久助といっしょに買い物を頼もうかね」

どうせ絵草子を買う客など来ないのだ。

「夕方からでも下ごしらえをお願いするよ」

「承知しました」

勘兵衛は一同を見渡す。

「じゃ、みんな。今日のところはゆっくり、明日のために英気を養っておくれ」


翌日は玄信の見立て通り快晴であった。

朝の見廻りに際して、勘兵衛は花見の段取りを伝える。

「ゆうべのうちにあらかた支度は整っているよ。熊さんには大層働いてもらった」

熊吉は大きな体を小さくして、首を横に振る。

「いえ、たいしたことはやっておりません。これから仕上げて、本来なら塗りの五段重ねの重箱といきたいところですが、手軽な折箱に盛り付けいたします」

花見となれば、ただ料理を作るだけではない。それを鮮やかに詰める器が必要だが、亀屋の台所にそんな気の利いたものはあるわけがなく、昨日のうちに熊吉が堀江町《ほりえちょう》の荒物屋、佐野屋《さのや》に箸を届けるついでに折箱を誂《あつら》えたのだ。

「じゃ、熊さん、あとで頼むよ。今、久助が飯を炊いてるから」

「承知しました」

勘兵衛は一同を見渡す。

「実はね。わたしはゆうべ一晩考えたんだが、ひとつ趣向を思いついた」

「なんです。みんなで余興でもやって、わあっと騒ぐんですか」

半次が目を輝かせる。

「半さんらしいね。だが、馬鹿なこと言っちゃいけない。目立つのは禁物だ。いろんな人たちが花見に繰り出すだろ。連中、どんな集まりが多いだろうか」

徳次郎が言う。

「隣近所で示し合わせるってのもありましょう。長屋の店子たちが大家さんに引き連れられて、まあ、ここもそうですけど」

「他にあるかい」

「あっしは大工だから、わかります」

半次が言う。

「棟梁が使ってる職人連中を集めて、花の下で飲み食いするんです。実は去年の春に弟子入りしたとき、すぐにやりました。飛鳥山でも上野でもなく、棟梁の家の近くの小さな寺でね。花はちょっとしけてたけど、みんな花より酒が目当てですから」

「他にあるかい」

二平が言う。

「一家そろって、夫婦が子供何人かと爺さん婆さんで行くのもあるでしょうね。あとは気の合った飲み友達で繰り込むのも」

「そうだね。他には」

お京が言う。

「あたしは髪結ですから、踊りや唄のお師匠さんがお弟子さんと花見に行って、踊ったり唄ったり。それからお金持ちの旦那衆が芸者さんと行くのもありますけど」

「他にもいろいろあると思う。で、わたしは考えたが、この長屋でみんながこのまま行くとするだろ。大工に飴屋に小間物屋に鋳掛屋に易者に箸職人に産婆に女髪結に浪人がひとつにまとまって花の下で飲んだり食ったりしたら、変に目立つんじゃないか。いったいこの組み合わせはなんの趣向だろうなんて思われて」

「だれもそんなこと気にしませんよ」

「そうかもしれない。が、目立たないに越したことはない。そこでどうだろう。わたしの思いついた趣向。みんなでお店者になるっていうのは」

玄信が首を傾げる。

「みんながお店者とは、いかなる趣向で」

「わたしが店の主人、お梅さんがおかみさん」

「まあ、あたしが」

「うん、お京さんが娘で、あとのみんなは奉公人。さしずめ玄信先生は大番頭」

「拙者は町人にはなれませぬ」

左内がうつむく。

「左内さんは浪人のままでいいですよ。商家の居候《いそうろう》にそんな浪人がいてもおかしくない。どうだい、みんな」

「あっしは乗りました。大家さん、じゃなくて旦那様ですね。ようござんす」

一同、うなずく。

「なら、お京さん、ひとつみんなの頭をお店者にしてやってくれないか。左内さんはそのままでいいけど」

「はい」

「みんな商人らしい着物に着替えて、髪を結い直して、そうだなあ。熊さんには料理も仕上げてもらうから、ちょいと手間がかかるかもしれない。急ぐ用でもないし、四つ頃までに亀屋に集まっておくれ。それぞれ役目を決めるから」

「大家さん、お店者に化ける他に、まだ役目があるんですか」

考え深げに弥太郎が尋ねる。

「弥太さん。大層なお役目じゃないよ。ぶらぶら歩いて花を眺めるだけならともかく、飲んだり食ったりするだろ。酒と折詰の弁当、それに久助が昨日のうちに、井筒屋さんで毛氈を借りてきてくれたから、手分けして」

「え、井筒屋さんに」

お梅が目を丸くする。

「井筒屋の旦那、花見について、なんか言ってましたか」

「うん、いっしょに行きたいけど、店が忙しく、そうもしていられない。目立たないように楽しんでおいで。そうおっしゃったそうだ」

「なるほど、目立たないようにか。井筒屋の旦那らしいや」

徳次郎が納得し、みなもうなずく。

通旅籠町《とおりはたごちょう》の大店《おおだな》の地本問屋、井筒屋作左衛門《さくざえもん》は元小栗藩に隠密として仕えていた。藩籍を離れて二十年以上、今では本屋として成功し、戯作の版元も兼ねている。昨年、家老の田島半太夫《たじまはんだゆう》から相談されて、隠密を長屋の住人に仕立てる案を出したのも商売上手な作左衛門なのだ。それゆえ亀屋は井筒屋の出店であり、長屋は井筒屋の家作、番頭の久助は元は井筒屋の手代であった。

「だから、わたしは目立たない趣向を考えたんだ。商家の主人が家族と奉公人を連れて花見に行く。これなら珍しくもなんともないだろう」

「なあるほど。承知しやした」

「実をいうと、この歳になるまで、花見どころか飛鳥山も知らない。昨日、切絵図を見ていたら、遠いね。飛鳥山までどこをどう通ればいいか、だれか、行ったことあるかな」

みんな首を傾げる。

「拙者、上野も御殿山も知っておりますが、飛鳥山は存じませんな」

上野ならばさほど遠くないので、花見の時節でなくとも、場所はよくわかる。が、江戸の外れの飛鳥山ともなると、わざわざ行く機会は少ない。

「大家さん、よろしいかな」

「はい、玄信先生」

「わたしは飛鳥山は素通りですが、王子権現《おうじごんげん》には参詣しております。道順はなんとか見当がつきます」

「おお、それは助かります。さすが、物識《ものし》りの先生、というか今日は大番頭さん。道案内をお願いしますよ」

「心得ました」

二

四つ前に、亀屋の前に集まった長屋の連中、店の戸はまだ閉まったままだ。

「おやおや、みなさん、いつもより今日はこざっぱりなさってますね」

常日頃から身なりに気を使っている徳次郎が思わず、声をあげる。

みなそれぞれ、見慣れた仕事着や普段着ではなく、お店者と洒落込《しやれこ》んだ。徳次郎も半次も二平も弥太郎も熊吉さえも大店の奉公人に見える。さらに玄信は大店の大番頭、左内だけは月代《さかやき》を伸ばし、いつもと変わらぬ着流しの浪人姿だが、お梅は大店のおかみさん、お京は町娘なのだ。

「うわあ、お京さん」

半次が息を呑む。

「女髪結もいいけど、今日は大店のお嬢さん。おしとやかで、見違えました」

「どうせあたし、いつもはおしとやかじゃないものね」

「いえいえ、そうじゃなくて、ぱあっと派手な芸者姿もいいですし、どんな衣装でも似合うから別嬪は得だなあ」

「じゃ、あたしは損かしらねえ」

お梅がぐっと半次を睨む。

「あ、お梅さんだって、上品でお美しいですよ。どう見ても大店のご隠居、いえいえ、おかみさんに見えます」

「ほんとかしら。この歳でそんなふうに言われると、お世辞でもうれしいわ」

「お世辞なんかじゃありません。よっ、桜に負けない姥桜《うばざくら》」

脇の勝手口のくぐり戸が開いて、番頭の久助が顔を出す。

「みなさん、お揃いですね。ははあ、お店者の趣向、どなたもお似合いです。お梅さんがおかみさん、お京さんがお嬢さんか。すると、左内さんは出入りの浪人が用心棒として付き添う形になりますかね」

「うむ。商家の奉公人にはなかなかなれぬのでのう」

「まあ、よろしいじゃないですか。本日は店は休業にいたしましたので、表戸も開けておらず、お待たせして失礼しました。どうぞ、こちらからお入りくださいませ」

「じゃあ、ごめんなすって」

店の中に酒の徳利や弁当の折箱、箸や湯呑茶碗、敷物の毛氈など、花見の用意一式が揃っている。

勘兵衛が声をかける。

「みんな、ご苦労さんだね」

「大家さん、今日はひとつ、よろしくお願い申します」

一同も頭を下げる。

「はい。われながらいい趣向だよ。長屋の大家が店子を引き連れての花見じゃなく、店の主人が家族と奉公人とで花見という形だ。これなら目立たなくていい。じゃ、手分けして、持ってもらいます。久助、手配はいいかい」

「承知しました。じゃ、熊吉さん、朝から働いていただき、ありがとうございます。ぎっしりと詰め込まれた折箱、けっこう重いですが」

「なあに、力仕事なら、おまかせください」

何段にも重ねられて大風呂敷に包まれた折箱を熊吉は軽々と持ち上げる。

「ほう、熊さん、たくさん作ってくれたんだね。手料理、楽しみだ。風呂敷に包む前になにが入っているのか、ちょいと見たかったなあ」

物欲しそうな半次に久助が注意する。

「半次さん。向こうに着いてのお楽しみにしてくださいな。昨日の夜に熊吉さんが仕込んで、今朝一所懸命に作ってくれたんですからね」

「わかってるよ」

半次は肩をすくめる。

「じゃ、一升徳利が三本ですから、半次さんと徳次郎さんと左内さん、お願いします」

久助がまめまめしく分担を指図する。

「毛氈が四枚で、二枚ずつ丸めて」

「あたしが毛氈、担ぎますよ」

二平が名乗り出る。

「はい、二平さん。二枚重ねるとけっこう重いですよ」

「いつも鋳掛の道具を担いでますから、毛氈ぐらい平気です」

「じゃ、あたしは軽い飴しか担いでないけど、引き受けます」

「弥太郎さん、お願いします」

「はい、長屋の中では、あたしが一番の若手ですから」

弥太郎とお京は元々忍びであり、正確な年齢はわからない。だいたい弥太郎は二十過ぎ、お京は二十五、六に見える。

「だけど久助さん、毛氈四枚、井筒屋さんから借りたという話ですが、おまえさん、ひとりで四枚もいっぺんに担いできなすったのかい」

二枚の毛氈を持ち上げ、弥太郎が言う。

「いえいえ、あたしひとりでいっぺんに四枚は無理ですよ。井筒屋さんの小僧が手伝ってくれました」

「そいつはご苦労さんなことで」

「はい。じゃ、残りの湯呑茶碗や箸など、細々《こまごま》したものはあたしが持ちますので、お梅さんとお京さんと玄信先生、それに旦那様、手ぶらでどうぞ」

「いいのかな」

玄信が首をひねる。

「女人と大家さんは主人夫婦と娘御という趣向ですからいいのはわかるが、番頭のわたしも手ぶらで」

勘兵衛がうなずく。

「わたしこそ手ぶらなのは気が引けますが、玄信先生、大番頭ですので、どうぞ、お気兼ねなく。先生には道案内の他にひとつ、お願いしたいことがございまして」

「なんですかな、大家さん」

「この陽気で花は満開と思われます。お天気もよく、大勢の人が詰めかけているでしょう。そこで、先生には向こうに着いたら、方位を見ていただいて、場所を決めてもらいたいので」

「ああ、なるほど。それならお任せあれ」

田所町の亀屋を商家の一行として出立した総勢十一名、人形町《にんぎょうちょう》通りから本町《ほんちょう》の大通りへ出ると、晴れ着でめかし込んだ連中が何組も毛氈や酒や弁当を持参で往来を固まって歩いている。

「今日はお天気がいいから、花見に行く人たちも多いんですね」

久助もうれしそうだ。

「そうだよ、久助さん。花の咲くのはわずかの間だ。満開のうちに見ておかないと、すぐに散ってしまうからね」

一升徳利を提げた徳次郎がしみじみとした口調で言ったので、久助はうなずく。

「そうか。花はすぐに散るんですね」

「花の色は移りにけりないたずらにってね。葉桜なんて、寂しいもんだ」

「へっへ、徳さんらしくもねえや。いつも花の色香に囲まれて、にやけてるくせに」

横から半次がからかうので、徳次郎はにやり。

「そうなんだよ、半ちゃん。世の中にたえて桜のなかりせば。悪いね。あたしだけもてて、もてて」

「ちぇっ、春の心はのどけからましってか。いい気になってやがら」

口をとがらせる半次。

「おい、半さん」

勘兵衛が注意する。

「お店者がそんな伝法な口を利いてはいけないよ」

「あ、どうもすいません。気をつけます。大家さん、じゃなくて旦那様」

一行は本町通りを西に向かうが、逆に東の大川《おおかわ》方面に向かう花見客もいて、ときどきすれ違う。おそらく向島を目指す人たちだろう。名のある行楽地以外にも、江戸はどこもかしこも花盛りに相違ない。

日本橋の大通りへ出ると、今度は着飾った花見客らしいのがたいてい北へと歩いていく。神田《かんだ》の先が神田川。柳原《やなぎわら》土手は桜ではなく柳の並木なので、素通りする。筋《すじ》違御門《かいごもん》から御成道《おなりみち》へと向かう連中も多いが、玄信はみなを昌平橋《しょうへいばし》へと誘う。

「飛鳥山はこっちですぞ。御成道は上野へ行く道筋です」

大半は上野に行くようだ。この辺から飛鳥山はかなり遠い。上野で済ませるか、あるいはもっと近場《ま》にするかだろう。だが、昌平橋を渡る花見客もそこそこいる。派手派手しい人々に交じって橋を渡ると、聖堂《せいどう》の脇から周囲はほとんどが武家地である。本郷《ほんごう》も兼康《かねやす》を過ぎると小石川の小栗藩邸も近い。加賀《かが》藩の壮大な上屋敷の塀が右側にどこまでも続く。

「加賀様はさすがに大きいや。中もさぞかし広いんだろうなあ」

半次が感嘆する。

「百万石だからね」

「これ、半さん、徳さん、ふたりともここは静かに歩くように。赤門の門番に睨まれてはかなわんよ」

玄信がたしなめる。

「へへ、すいませんねえ」

下町と違って、普段は町人の通行は少ないが、花見の時期、晴れ着の人たちがそこかしこから現れて、ぞろぞろと歩いている。これらの花見連に紛れていれば、小栗藩の家中に見とがめられる気遣いはあるまい。

やがて、小石川の鎮守白山《はくさん》権現が近づくと、花見客らしい人々がどんどん増えてきた。小身の武家地と町人の町が寺社の周囲に絡み合い、駒込片町《こまごめかたまち》に至る。寺を中心に門前町と百姓地の畑が続く。

「お梅、大丈夫かい。ここら辺は坂が多い」

勘兵衛は切絵図を見ながら年長のお梅に声をかける。

「ありがとうございます。あたしは平気ですよ。若くはありませんが、手ぶらですし、足はまだまだ達者です」

「それも大根のご利益かねえ」

「さあ、どうでしょう」

お梅は今日はいつもより若々しい。勘兵衛は落ち着いて貫禄がある。歳は一回りほどお梅が年長だが、商家の主人が女房を気遣っているように見える。

「へっへ、また大根役者の話ですかい。熊さんの弁当に大根の煮つけでも入ってるかな。あっしは大根よりも千両役者の鯛《たい》の尾頭《おかしら》付きがあれば、うれしゅうござんす」

横から半次が軽口をたたく。

「なにが鯛の尾頭付きだよ。半ちゃんこそ、おめでたいねえ。それにね、半ちゃん。今日はおまえもお店者なんだから、あんまり伝法な口を利くなって言われたばかりだろ」

「徳さんに一本やられました。こりゃまた失礼をば」

長い門前町がしばらく続く。

「そろそろ町場は終わりかな」

切絵図片手に勘兵衛が大きく息を吐く。

「大家さんこそ、お疲れじゃありませんか」

お京が心配そうに覗き込む。

「いや、まだまだ、大丈夫だよ。お京さんはどうだい」

「普段から足腰は鍛えていますから」

なるほど、足音も立てずに歩き、高い塀にさっと跳び移る忍びの術。鍛えているに違いない。

「それに今日はあたし、商家の娘で、大家さんがおとっつぁんで、お梅さんがおっかさん。いいでしょ、おとっつぁん」

お京に甘えるように見つめられて、勘兵衛はとまどう。

「うん、まあ、いいとも。こんな野暮な親父でよけりゃ」

「そこがいいのよ」

言われて、さらに照れる勘兵衛。

やがて左側に大きな大名屋敷が現れた。

「ほう、ここが松平甲斐守《まつだいらかいのかみ》様の下屋敷か」

切絵図を見て勘兵衛が感心する。

「大きい屋敷だね。どこのお殿様だろう」

「え、ご存知ありませんか」

玄信が言う。

「大和郡山《やまとこおりやま》十五万石のお殿様ですよ」

「そうだったか」

勘兵衛は納得する。大和郡山の松平甲斐守といえば、本姓は柳沢《やなぎさわ》。元禄《げんろく》の頃、一介の旗本から大名に取り立てられ、将軍家より松平姓と偏諱《へんき》を賜ったあの家柄。下屋敷は贅《ぜい》を凝《こ》らした豪壮な庭園だと聞いたことがある。この屋敷がそうなんだな。

「さあさ、みなさん」

先導の玄信が振り返る。

「ここまで来れば、上駒込村《かみ》の百姓地。町ではなく、すでに村です」

玄信に言われて、みなうなずく。たしかに町場はだんだん少なくなり、畑が広がっているのだ。それでも花見客はどんどん増えて、まるで行列のような有様である。

「先生。この人出では、飛鳥山に着く頃に、果たして毛氈を広げられるだけの場所、確保できましょうかな」

勘兵衛は心配になる。

「そうですな。白山権現で正午、九つの鐘が鳴りました。日本橋から飛鳥山までの道のり、あそこらが半分ですな。少しは日が長くなったので、八つには辿り着きましょう」

「今歩いている人たち、みな飛鳥山で遅い昼餉の趣向かな」

「あちらは相当に広いです。なにしろ桜の木が二千本以上。とすれば、われら十一人の居場所、なんとかなりますよ。さ、ここが妙義坂《みょうぎざか》、この先の川を越えると上り坂になります。飛鳥山まで半分はとっくに過ぎています。あともうひと踏ん張り。ゆっくりと参りましょう」

「では、先生、向こうに着いたら、よさそうな場所をみつくろってくださいな」

「心得ました」

花見の時期でなければ、ほとんど人など歩いておらず、牛や馬ばかりと思われるような田舎道。左に寺や神社が続く。

　ここで玄信が足を止め、お梅とお京にそっと囁く。

「飛鳥山には間もなくですが、おそらく雪隠《せっちん》があっても混みあっておりましょう。男ならば、人目をはばからずになんとかなりますが、女子はそうはまいらぬと存じます。すぐそこに八幡太郎《はちまんたろう》、加茂次郎《かもじろう》、新羅三郎《しんらさぶろう》の三兄弟を祀った社があり、社殿の裏にご不浄がございます。今のうちに用を足されるがよろしい。わたしも催してまいったので、ご案内いたしましょう」

「先生、ありがとうございます」

「殿方はそこでお待ちください」

　玄信がお梅とお京とともに社殿の裏に行く間、一行はしばし、立ったまま休息する。

「よく気のつく先生ですね」

　久助が感心する。

「ほんとだな。物識りとは思っていたが、田舎道の雪隠の場所まで知り尽くしているとは、驚いたよ」

　三人が戻り、歩き始める一行。

　道のあちこちから「おおっ」と声があがる。山といっても高尾山《たかおさん》や筑波山《つくばさん》のような峻厳な山ではなく、小高い丘なので、それほど高くはない。近づくにつれ、彼方の丘一面に咲き誇る桜が見えてきたのだ。

「みなさん、麓に着きました。この鳥居が一本杉神明宮《いっぽんすぎしんめいぐう》。ここからが飛鳥山です」

ちょうど近くの寺から八つの鐘が鳴る。

「ああ」

鳥居をくぐると見渡す限り、満開の桜。思わずお梅が溜息をつく。

「念願が叶いました。もう思い残すことはありませんわ」

「お梅、わたしも桜の花にこれほど圧倒されたのは初めてですが、思い残すことはないなんて、言わないでくださいよ。まだまだ元気でお願いします」

「そうですわね。じゃ、遅くなりましたが、そろそろお弁当にしましょう」

「わっ、それがいいや」

半次が大声をあげる。

「腹はとっくに減ってますよう。飯も食いたいけど、酒も早く飲みてえなあ」

「これ、半の字、静かにしないか」

「旦那様、相すみません」

勘兵衛にたしなめられて、半次はぺこぺこと頭を下げる。

飛鳥山は思ったよりも広々としており、そこに二千本以上の桜。そこかしこ、花の下に毛氈を敷いて飲み食いしている花見客。

客だけではない。酒や料理を商う露店、茶を出し団子を食わせる茶店も出ている。

「そうか。酒や弁当を持ってこなくて、手ぶらで来た人が狙いですね」

久助が感心する。

「いい商売だなあ」

「久助さん、たしかにいい商売です。でも、ここで買うと、町よりは高いですよ」

弥太郎が小声で言う。

「そりゃそうでしょうね」

「おお、あそこにガマの油売りが出ているようだ」

左内がにやりとする。露店の数や種類は寺社の祭礼の縁日と変わらないが、整然と区切られているわけではなく、取り仕切りは緩やかである。

「左内さん、ひとつここで商売を始めたらどうです」

半次が余計なことを言う。

「そうだな。上野も人が多いが、ここ飛鳥山は格別じゃ。だが、拙者、今日は商売ものの油もガマの置物もない。袴《はかま》も着けておらず、鉢巻も襷《たすき》も持参しておらんのでな。紙吹雪を散らしたところで、だれも見向きもせず、仇討《あだう》ちと間違えられる心配もなかろう」

口数少ない生真面目な左内が軽口に応じたので、半次はぽかんと口を開ける。

「左内さん、酒も入ってないのに、うまいこと言いますね」

次々と花見客は押し寄せ、思い思いに場所を選んで、桜の木の下やその周辺に毛氈で陣取り、酒や弁当を広げるが、それでもまだ余地はある。あたりを見渡す勘兵衛。

「人は多いですが、思ったよりも広いですね」

「さようですな」

うなずく玄信。

「先生、飛鳥山に到着する刻限が八つというのは、道のりから考えて、わかりますが、これだけ次々と人が押し寄せているのに、場所にゆとりがあると、よくおわかりでしたな」

「桜の木は二千本以上あるでしょう。二千本として、一本の木の周りに十人集まれば」

「二万人ですか」

すかさず勘兵衛が応える。

「はい。江戸は武家と町人で百万人。みんながみんな花見に興じるわけではなく、武家は盛り場に出ることが憚《はばか》られる。飛鳥山だけが桜ではなし、上野、御殿山、向島、さらに諸所に人は散らばります。花の満開は数日。とすれば、今日一日でここにどれだけの人が集まるでしょうか。さらに居座らず、花を眺めて通り過ぎるだけの人、茶屋で一服するだけの人。桜の木の下に二万人が毛氈でくつろぐ席、充分にあると思いました」

なるほど、勘兵衛はうなずく。玄信の言葉はいつも理に適《かな》っているのだ。

「では、先生、どこがよろしいでしょうかな」

「うん」

玄信は大きく息を吸い、呼吸を整え、周囲を見渡す。

「上に行きましょう。眺めがよく、筑波山が望めます」

「そうしましょう」

だが、上に行くほど、桜の木の下は人が密集している。

「なかなか空いてませんね」

「うむ。選ばなければどこでもいいのですが、麓の桜には人が集まらず、みんな上へ上へと行くようですな。おっ、あそこにしましょう」

玄信は一本の桜の木を指さす。

「ですが、まだ人がいますよ」

「もうすぐ、空きます。他の人たちに場所を取られないよう、急ぎましょう」

勘兵衛たち一行が一本の桜に近づくと、まるで示し合わせたように、そこを占めていた十人ほどの町人が荷物を揃えて毛氈を丸めて立ち上がった。

「よろしいですかな」

勘兵衛が声をかける。

「どうぞ、どうぞ。今退散いたしますので、この場所、お使いください」

「ありがとう存じます」

三

見事な枝ぶりの桜の下、二平と弥太郎がささっと四枚の毛氈を敷き、酒と料理が用意され、みんなが席に着く。

「うわあ、熊さんの料理、さすがにすごいなあ」

熊吉が次々と折箱の蓋を取ると、色鮮やかな料理の数々が現れる。久助が箸と小皿と湯呑茶碗を配り、それぞれ徳利の酒を注ぎ合う。

「みんな、今日はご苦労さん。いつも通りの無礼講だ。存分に飲んで食べておくれ」

「へーい」

みんな熊吉の料理に箸をつけ、舌鼓《したつづみ》を打つ。お決まりの卵焼きにかまぼこ、他には大根と筍《たけのこ》と蛸《たこ》の煮つけ、車海老《くるまえび》と桜鯛の塩焼き、付け合わせの野菜、焼海苔《やきのり》を巻いた握り飯。

すぐ隣の桜の下では三味線《しゃみせん》に合わせて数人のきれいどころが踊っている。

「へへ、いいところへ来ましたね。踊りの師匠とお弟子さんの一行かな。二千本の桜の下で酒盛りなんて、吉野《よしの》の山でなくても義経《よしつね》千本桜だな」

芝居好きの半次がうっとりと隣の踊りを眺める。

「おや、踊りながら、ねえさんたち、徳さんのほうをちらちら見てるぜ。春の心はのどけからまし」

「よせやい」

徳次郎はまんざらでもない。

「あたしは常日頃、鋳掛の道具を担いで、往来の軒下や社寺の境内で弁当を使うことはありますが、こんなに大勢の人のいる外で、花に紛れて飲むなんて、極楽ですねえ」

二平もうれしそうだ。

「そうですね。花の下だと酒もおいしゅうございます」

普段あまり飲まない熊吉が湯呑茶碗の酒をぐいぐいと飲む。

「酒がうまいのは、熊さんの肴《さかな》がおいしいから、よけいに引き立つのさ」

弥太郎に褒められ、熊吉はぺこりと頭を下げる。

「熊さん、たくさんお飲み。なくなれば、さっきのところで買い足せばいいから」

「へへ、ありがとう存じます。滅多に作らないんで、腕はにぶっておりますが、材料はいいものを吟味いたしましたので」

昨夜に下ごしらえし、今朝に仕上げた料理の数々、十一人の舌と腹を満足させるに足る質と量である。

「この見晴らしもまた、味に一役買っておりましょう」

「うむ」

玄信が満足そうに微笑《ほほえ》む。

「筑波山の眺めは東北を示し、ここは方位がよろしい。料理といい、隣の踊りといい、まるで茶屋のお座敷を借りたようです」

「先生、ここらはどこも満員です。この場所がすぐに空くと、よくわかりましたね。それも易の占いですか」

勘兵衛に問われて玄信はにやり。

「易というわけではありません。ざっと見渡しまして、ここにいた一行は老若男女、大店ではないが商人の一家。幼子もおり、老婆《ろうば》もおり、おそらくは家族揃って早朝より来たり、飲み食いも済ませていると見ました。子がぐずり、若い女房が重箱を片付け始めたのが目に止まりましたので、今だと思いまして」

「へえ、さすが、先生、よく見てますね」

そよ風にちらちらと桜の花びらが降り注ぎ、玄信の湯呑茶碗に舞い落ちた。

「おお、ひとひらの桜香りて酒うまし」

「さすが、風流ですな」

玄信の句にみなが感心する。

「いえいえ、また出しゃばってしまいお恥ずかしい。どうも失礼」

しばらくして、熊吉がもぞもぞしはじめる。

「熊さん、催してきたんじゃないの」

お梅がやさしく声をかける。

「はい、八幡太郎でいっしょに済ませてくればよかったです」

「それなら、ちょいと下に貸し雪隠がありましたよ。行列になってましたが」

目ざとい弥太郎が言う。

「じゃ、みなさん、失礼して、ちょいと用を足してまいります」

熊吉が立ち上がる。

「熊吉殿、拙者も同道いたそう。浪人していても一応は武士の端くれ、野山でしゃあしゃあはでき申さぬ」

「あ、場所、わかりますね」

「はい」

うなずいて熊吉と左内が下りていく。

「うむ。これだけ広いところに雪隠がないのは不便だからね。貸し雪隠とは面白い商売を考えたもんだ。近くのお百姓が銭を取って肥やしも手に入る。肥やしはいい値になるんだ。毎月、長屋の厠を汲み取ってもらって、年末には大家のわたしが丸儲け。あ、食べてる最中にとんだ話で、申し訳ない」

勘兵衛が頭を下げる。

しばらく楽しんでいると、近くで「きゃあ」と叫び声がし、荒々しい罵声《ばせい》が飛び交う。

「おや、喧嘩でも始まりましたかね」

弥太郎が首を伸ばして騒ぎのある方を見る。

「いやだねえ。火事と喧嘩は江戸の華、とはいっても花見の喧嘩は野暮でいけない」

罵《のの》り声はだんだんと近づいてくる。

「上野と違って、山同心の見廻りもありませんからな」

玄信が顔をしかめる。

「おう、おう、いいねえ」

無頼《ぶらい》の遊び人を先頭に酒に酔った男たちがやってきて、すぐ隣で踊っている一行に声をかけた。

「俺たちゃ、踊りが大好きなんだ。いっしょに踊ろうぜ」

女だけと見くびって絡んでいるのだ。

「すいませんねえ。親方さん。あたしたち、今、帰るところです」

師匠らしい女が遊び人たちに頭を下げる。

「いいじゃねえか。こっちは男ばっかりで、みんないい男だぜ。そっちは女ばっかりでみんな別嬪だ。いっしょに飲んで踊って、よろしくやろうじゃねえか」

「いえいえ、さあ、みんな帰るよっ」

女たちは大慌てでさっと片付け、逃げるように去っていく。

「ちぇっ、立つ鳥あとを濁さずってのに、敷物が忘れたままだぜ。ちょうどいいや。若旦那、こっちが空きました」

「ありがとよ」

若旦那と呼ばれたのは身なりは上等だが、ずんぐり太った背の低い間抜け面。

「見晴らしのいい場所が空いたねえ。親分、手回しよく毛氈まで敷いてある。さあ、みんな楽しもうじゃないか」

親分と呼ばれた体格のいい遊び人、その手下らしい人相の悪いのが五人、文人墨客風の茶人がひとり、関取風の大男がひとり。若旦那を囲んでどっと桜の下に座り込み、徳利の酒を飲んで大声で騒ぐ。男ばかりで女はいない。

「若旦那、せっかく俺たちが相手してやろうってのに、洒落の通じねえお多福《たふく》どもですよねえ。ぺっ」

親分がこれ見よがしに唾を飛ばす。

「いいんだよ。去る者は追わず」

「ひっひっひ、若旦那は女に不自由しなさらねえからなあ。大店の跡取りで、金はたんまりあって、吉原《よしわら》でも深川《ふかがわ》でも引く手あまただ」

「ああ、あやかりてえ、あやかりてえ」

男たちが大声で叫ぶ。

「だけど、親分。あたしはね、吉原も深川ももう飽きたよ。向こうからすり寄ってくる擦れっからしのあばずれより、初心《うぶ》な素人《しろうと》を可愛がるほうが楽しいのさ。そうでしょ、師匠」

「そうですとも、若旦那。さ、一献まいりましょう」

師匠と呼ばれた茶人が、酒を注ぐ。

「師匠の絵は花魁《おいらん》や芸者の美人画よりもわじるしが絶品ですからね」

「畏れ入ります」

「最初はいやがる難攻不落を無理に攻めて攻めて攻め落とし、とうとう向こうから、もっとお願いしますと頭を下げられてごらん。そうなったら、もうつまんないから、おまえたちに回してあげる」

「うれしいなあ。岡場所で若旦那の初物のお下がり、またいつものように俺たちにもご相伴《しょうばん》よろしくお願いいたします」

「だけど、おまえたち、寄ってたかって、手荒《てあら》だからなあ」

「手荒が好みの女郎もたくさんおりやす。関取くずれが相手じゃ潰れちまうけど」

「ごっつぁんです」

関取くずれと呼ばれた大男の手刀にどっと笑う男たち。

「だけど、おまえたち、周りを見てごらん」

男たちの下卑た大声に周囲の客は眉をひそめ、気味悪がって立ち去ったのだ。無頼の遊び人を従えた若旦那一行の隣に残っているのは今や勘兵衛たちだけ。

玄信が勘兵衛を促す。

「まだ酒も料理も残っていますが、そろそろわたしたちも引き上げましょう」

「そうだな。残りは持って帰って、うちの二階で続きをやろう。久助、そろそろ片付ける準備をしておくれ」

「はい、旦那様」

「熊さんと左内さん、遅いねえ」

弥太郎が言う。

「貸し雪隠の行列、長かったですよ。まだまだかかるのかなあ」

「まあ、もうしばらく待つとしよう」

だが、よほど混んでいるのか、ふたりはなかなか戻ってこない。

「大家さん」

小声でお京が耳元で囁く。

「なんだい」

「あの男たち、さっきからこっちをじろじろ見てるんですよ。周りの人たち、だれもいなくなっちゃったし」

「うん。お京さんが別嬪だから、やつら、気になるんだろうね」

「いやだわ」

あちらでは若旦那と遊び人の親分がお京を見ながら、こそこそと話している。やにわに親分が立ち上がり、近づいて、話しかけてきた。

「へへ、いいお天気でござんすね」

「なにか、御用かな」

「いえね。隣の花の下でいっぺえやってるとこなんで。袖すりあうも他生《たしょう》の縁《えん》なんて言うじゃありませんか。いっしょにどうです」

「いや、わたしたちはもう帰るところでして、遠慮いたします」

「そう堅いことおっしゃらずに」

「いえ、お断りします」

「おっ、そんなに言うなら、いいよ。おめえさんたちゃ、帰んな。で、そっちの別嬪のお嬢さんだけ、ちょいと、残って、俺たちに付き合ってもらいてえんだがな」

「なにをおっしゃる」

「あそこにいるのが、俺たちが世話になってる若旦那だ。そこのお嬢さんにちょいと思し召しでね。酒の相手になっちゃもらえませんかねえ」

「おとっつぁん、あたし怖い」

お京が勘兵衛の背中に身をひそめる。

「どうぞ、お引き取りを」

「いいじゃねえか」

親分はお京のほうに手を伸ばす。さっと勘兵衛がその手をつかんで捩《ね》じ上げる。

「いてて。なにしやがんでえ」

「さあ、とっととお帰りなされ」

「わかったよ」

勘兵衛に突き放されて、親分はぐっと睨みつけ、若旦那のところへ引き下がる。

「なんだい、親分。だらしないね。あっちは見たところ、堅気のひ弱いお店者じゃないか。手荒な真似はしたくないが、なめられても面白くない。ちょいと連中、痛めつけて、娘だけこっちへ連れておいで」

「へい」

親分と五人のごろつき、関取くずれも立ち上がり、勘兵衛たちの毛氈を取り囲む。

「ふん、来やがったな」

半次が鼻を鳴らす。

「おう、親父。さっきはよくも俺の手を捩じってくれたな。先に手を出したのはてめえらだぜ。下手《したて》に出りゃあ、つけあがりやがって。さあ、おとなしく娘を寄こしな。さもなきゃ、痛い目にあうぜ」

勘兵衛の後ろにお京とお梅が身を寄せ、半次、徳次郎、二平、弥太郎、玄信が護りの姿勢。久助は勘兵衛の横に並ぶ。

「ほう、へらへらした生っちろいお店者。小僧に年寄り、ちょいと物足りねえが、可愛がってやろうじゃねえか」

「どうするつもりだ」

「こうするのさ」

親分の合図で関取くずれが前に出る。

「どすこい。俺と勝負したいやつはだれだ。ひとり残らず投げ殺してやろう」

勘兵衛たち、顔を見合わせる。

「わしが相手になろう」

背後から声がかかった。雪隠から熊吉が戻ってきたのだ。

「わっ」

ふり返った関取くずれが息を呑む。熊吉のほうが背丈も横幅もずっと大きい。

「ぐあぁ」

関取くずれが叫びながら熊吉にぶつかっていく。熊吉は相手の体をひょいとつかんで、宙に投げ飛ばした。関取くずれは頭から無様に隣の桜の幹にぶつかり、動かなくなる。振動で花びらが若旦那と茶人の上に降り注いだ。

「化け物め。親分、なんとかしておくれ」

「へい」

親分は懐《ふところ》から十手《じって》を取り出す。どうやら御用聞きらしい。

「怪我人が出たようだ。こうなったら容赦しねえぞ。みんな御用だ」

「そいつはどうかな」

左内も雪隠から戻ってきた。

「なんだ、痩せ浪人が。てめえの出る幕じゃねえ。それともお縄になりてえか」

「いや、拙者、この人たちに縁があってな」

うむを言わさず、十手を左内に突き出す親分。左内はさっとかわし、刀の柄頭《つかがしら》で親分の鳩尾《みぞおち》を突く。

「うっ」

前のめりに倒れる親分。呆然とする子分の遊び人たちに若旦那が叫ぶ。

「おまえたち、ぼさっと突っ立ってないで、そいつらを叩きのめして、娘を連れてくるんだ」

顔を見合わせ、勘兵衛たちに襲い掛かる遊び人。

「わあい、喧嘩だ、喧嘩だ」

いつの間にか、周囲に人だかりができている。

親分と関取くずれは伸びたまま。一見弱々しく見えたお店者が五人のならず者と大乱闘。人だかりはお店者に声援を送る。

「やっちまえ」

熊吉と左内も加わり、ごろつきどもは全員叩きのめされる。

「ちっ、まずいな」

形勢不利となった若旦那と茶人がこそこそと逃げていく。

「おおい、逃げたぞ、逃げたぞ」

周囲が囃し立てたので、勘兵衛はお京にそっと合図。お京はその場をすっと立ち去り、若旦那の跡を追う。

五人の子分たちはよろよろと立ち上がり、親分と関取くずれを助け起こす。

「覚えてやがれ」

親分は苦しまぎれに勘兵衛を罵り、子分たちに支えられて、その場をすごすごと引き上げた。

「弥太さん」

勘兵衛に合図され、弥太郎がそっと目立たないようにならず者の跡を追う。

「おまえさんたち、強いねえ」

「よくやったよう」

花見客から絶賛の声。

勘兵衛に耳打ちされた半次が周囲を見回し、頭を下げる。

「ご見物のみなさま。どちらさまもありがとう存じます。ただいまのは花見の余興、茶番でございます。まず、今日はこれまで」

群衆からさらに歓声が飛ぶ。

「なんだ、茶番か」

「お見事っ」

「うまいねえ」

「楽しませてもらった。ありがとよ」

口々に賞賛しながら群衆が去ったので、勘兵衛はみなに指図する。

「せっかくの花見にとんだ邪魔が入ったな。続きは今夜、うちの二階で口直しといこう」

「旦那様、お酒はあらかたこぼれて、毛氈が台無しです」

「熊さんの料理の残りがまだあるだろう。酒は帰ってから用意しよう。いいね、久助」

「はい、では、近所の酒屋で手配します」

「それぞれ、正体が知られぬよう固まらず、ばらばらに帰るとしよう。お梅さんと久助はわたしといっしょに。あとはそれぞれ、勝手に散っておくれ。夜になったら、うちの二階へ」

「承知しました」

みな、分担して持ってきた毛氈や徳利や折箱を手にし、頭を下げて解散する。

その夜、三々五々田所町に戻った長屋の一同は、亀屋の二階に集まり酒盛りの続きである。が、お京と弥太郎はまだ帰っていない。

「みんな、今日はご苦労さんだったねえ。酒は用意したから、持ち帰った熊さんの折詰の残りでゆっくりと飲んでおくれ」

「ありがとうござんす」

いつものように無礼講で酒を酌み交わす。

「最後はとんだ茶番になりましたけど、あたし、あんな一面の満開の桜、初めて見ました。目の極楽、思い残すことはないなんて申しましたけど、また、来年も再来年も桜を楽しむために長生きしたくなりました」

お梅が声を弾ませる。

「ほんとに見事な桜でした。お梅さん、また来年もみんなで行きましょう」

そうは言ったが、勘兵衛、ふと考える。はたして、生きて来年の桜を見られるだろうか。自分は昨年、殿から死んでくれと言われて迷いなく承諾した。だが、それは身分も名も捨て、死んだことにして長屋の大家に生まれ変われとの主命だった。今生きている大家勘兵衛は役儀のためならいつ死んでもおかしくない。その覚悟だけは変わらないのだ。

「それにしても、花見の大喧嘩。茶番にするとは、大家さん、考えましたねえ」

半次が感心する。

「ああでもしないと、あとあと面倒だからね。山同心はいないまでも、なにしろ、あっちの若旦那のお供が十手持ちだった。下手《へた》に事を大きくすると厄介だ。わたしたちの素性は決して表に出せない」

「さようでござる。われらの素性は表に出せませぬが、あやつら、いったいどこの何者でございましょう」

左内が眉をしかめる。

「わかりましたよ、あいつらの素性」

「わっ」

足音もせず、お京がいつの間にか立っている。

「お京さん、いつもながらびっくりさせるね」

「ああ、疲れちゃった」

勘兵衛に言われてお京は肩をすくめる。

「で、わかったんだね」

お京がうなずき、勘兵衛の横に座る。

「はい、あの若旦那。あのあと、お供の茶人とふたりで、すぐ麓の茶屋に入りました。

長居するといやだなと思っておりましたら、半刻もしないうちに出てきまして、二挺の駕籠《かご》を雇って帰る様子。そっと跡をつけました。駕籠はちょうど今日、あたしたちが飛鳥山まで行ったのと逆の道順で昌平橋まで戻り、そこから神田川を渡ると、柳原から両国橋《りょうごくばし》、本所に入って、どんどん南へ行きます」

「本所から南へ」

「はい、着いたところが深川の今川町《いまがわちょう》。大店の前で駕籠が止まり、ふたりして店の中へ姿を消しました。店の屋号が大黒屋《だいこくや》。かなり大きな材木問屋。どうやらそこの若旦那らしゅうございます。茶人のほうは、ずっと入ったまま出てきませんので、あとでなんとでも調べられると思い、とりあえず、ここまで戻りました」

「おお、ご苦労さん。さすがにお京さん、ありがとうよ。これで若旦那の素性はわかったね」

「十手持ちの素性もわかりましたよ」

振り向くと、いつの間にか、弥太郎が立っている。

「おお、弥太さん。おまえさんといい、お京さんといい、知らないうちに、足音も立てず、気配もなく、すぐ横にいるんだから、驚くなあ」

「すいません」

「謝ることないよ。で、いったい何者だい」

「やっぱり若旦那と同じ深川です。家は黒江町《くろえちょう》。仁吉《にきち》という博奕《ばくち》打ちで、町方の手先もしており、黒江町の親分というのが通り名です」

「二足の草鞋《わらじ》か。御用風を吹かす岡っ引きだな」

「博奕打ちで御用聞きで、岡場所にも顔を利かせるごろつきの親分というところでしょう。手下もみんな人相が悪うございました」

「それが大黒屋のせがれの取り巻きか。熊さんに投げ飛ばされた関取が何者かはわかったのかい」

「ほんとの関取かどうか知れません。子分たちと仁吉の家にいっしょに転がり込みましたから、手下のひとりじゃないかと思われます」

「そこまでわかれば、まあ、いいだろう。こっちの素性さえ知られなければ、二度とかかわりたくない連中だ」

「大家さん、今日のお花見、お店者の趣向にして、よろしゅうございましたねえ」

　お梅がほっと胸を撫でおろす。

四

昼飯のあと、勘兵衛はじっと亀屋の帳場に腰をおろしている。昨夜は花見のあとの興奮もあり、少々飲み過ぎた。熊吉の作った肴もうまかったので、ついたくさん飲んだのだ。

飛鳥山は人が多く、桜は見事に咲き誇り、いい花見だった。老若男女、身分も仕事も忘れ、花の下で日頃の憂さを晴らすにはもってこいだ。中には酔って騒動を起こす無法者もいるが、成敗するほどのこともないだろう。

ああ、それにしても、今日も客が全然来ない。そろそろ久助が帰るだろうから、店は早仕舞いにして、湯屋にでも行くか。

「旦那様、ただいま戻りました」

「お帰り。ご苦労さんだったね」

久助は朝から汚れた毛氈を雑巾《ぞうきん》でごしごしこすっていた。酒の染みはきれいには取れなかったが、井筒屋に返しに行ったのだ。ひとりで四枚は荷が重い。長屋の居職《いじょく》の熊吉が手伝ってくれて、ひとりで軽々と三枚受け持ち、久助は一枚だけで済んだ。

「井筒屋の旦那にはちゃんと挨拶したろうね」

「はい、汚れた毛氈は一枚だけですが、ちゃんとお詫びをいたしました」

「なんか、おっしゃっていたかい」

「ええっと、旦那様にあとで店のほうまでお越し願いたい、そうおっしゃってました」

「わたしが、あちらへうかがうのか」

「さようで」

勘兵衛は気になった。

「おまえ、昨日のこと、しゃべっただろ」

「はい、どうして毛氈が酒で汚れたかという顚末。みんなで飲んでいるところへ、無法者が因縁をつけてきて、それを叩きのめして、追い返した話。周りの花見の人たちが喝采したこと」

「自慢そうに言ったんだな」

「長屋のみなさん、お強くて、あたしもごいっしょして、鼻が高うございます」

「おまえ、相手のこともしゃべったね」

「まあ、そうですね。井筒屋の旦那にいろいろ尋ねられましたから。お京さんと弥太郎さんの調べで、相手が大店の若旦那とその取り巻きの博奕打ちだとわかったことも、親分株が十手を振り回して左内さんに当て身を食わされ、子分の関取が熊吉さんに投げ飛ばされたことなども」

勘兵衛は苦笑する。

「それでわたしが呼ばれるわけか。井筒屋の旦那から目立たぬようにって言われてたんだ。そこまで目立っちゃしょうがない。わかった。行ってくるよ」

「へーい」

通旅籠町の地本問屋、井筒屋の奥座敷で主人の作左衛門が勘兵衛を迎えた。還暦を過ぎ、中肉中背でふっくらと福々しい恵比寿顔、髪は白くなってはいても、年齢よりは若々しく見える。

「勘兵衛さん、わざわざお呼びたていたしまして、ようこそ、お越しくださいました」

「いいえ、お借りした毛氈の件、汚れが残ったままで、申し訳ありません」

「なあに、そんなこと、お気になさらずに」

「はあ」

「昨日の飛鳥山、花は今、満開でございましょう」

「まず、見事に咲いておりまして、人出も多く、賑やかでございました」

「それはよろしゅうございましたな。わたしも長屋のみなさんとごいっしょしたかった。ところで、先ほど久助が申しておりましたが、派手な立ち回りがあったとか」

やはりその件だな。

「はい」

「大店の若旦那がならず者を引き連れて、長屋のみなさんに喧嘩をふっかけ、叩きのめされて、ほうほうの体で逃げ去ったとか。それを花見の見物客が喝采したとか。ほんとですかな」

「その通りで」

作左衛門はにやにやしている。

「無法者をやっつけるのは理に適っております。が、目立ちすぎるのはよくありませんなあ。相手の中に十手持ちがいたそうで、ちと厄介ですぞ。詳しいいきさつをお尋ねしたいのですが」

「面目ないことでございます。わたしどもが見晴らしのいい桜の下で一杯やっておりますと、無頼の一行が周囲を威嚇しながら近づいてまいりまして、恐れてみな立ち去っていきます。わたしどもも、かかわりたくないので帰る準備をしておりましたら、無頼のひとりがお京に目をつけまして」

「なるほど。お京さんは目立ちますからなあ」

「いえ、昨日はなるべく人目を引かぬよう、みなお店者に扮しまして、わたしが商家の主人、お梅が女房、お京は地味な町娘、あとの者は店の奉公人という趣向で」

「左内さんも奉公人ですか」

「いえ、あの御仁は町人に向きませんので、店の居候の浪人」

「ほう」

「そこで、無頼の者どもと言い争いになり、こちらを堅気のお店者と見くびって、乱暴をしかけましたので、叩き伏せて追い散らしました」

大きくうなずく作左衛門。

「そういうわけでしたか。しかし、大勢の見物客が喝采したのは、よくありませんな。だれが見ているかしれません。堅気の商人がやくざ者を叩きのめすというのも、ちと無理がありましょう。商家の番頭に扮していても、見破られないとも限りませんぞ」

恐縮する勘兵衛。

「はい。おっしゃる通りでございます。苦しまぎれに、見物客には茶番と触れ込みましたが」

「なるほど。花見では酔狂な茶番を演じる者がいるようですな。まあ、無頼にお京さんをすんなり差し出すわけにもいかず、そこは仕方がない。ですが、見物客は茶番で誤魔化せても、叩きのめされた相手は黙ってこのまま引き下がるでしょうか」

「はあ」

「相手の素性は知れたのですね。大店のせがれと十手持ち。大店は金の力で役人と通じていることが多い。十手持ちの後ろには町方の同心がいて、その後ろには御番所が控えています。そやつらにこちらの正体を勘繰られては、どんな難儀が降りかかるかわかりません。ここはひとつ、相手のことを詳しく調べたほうがいいでしょう」

井筒屋作左衛門は二十年以上前、小栗藩松平家に仕える凄腕の隠密であった。家老田島半太夫の下で暗躍し、御家に尽した。先代藩主からその功績を認められ、許されて藩籍を離れ、町人となり貸本屋から身を興し商才を発揮した。今では大手の地本問屋として版元も兼ね、表通りに立派な店を構えている。

家老の田島半太夫とは長年の付き合いがあり、作左衛門は老中松平若狭介と勘兵衛長屋の隠密をつなぐ重要な取り次ぎ役なのだ。

「井筒屋さん、今のところ、お京と弥太郎に調べさせてわかったのですが、若旦那が深川今川町の材木問屋大黒屋の道楽息子。十手持ちは同じ深川の黒江町に住む博徒の仁吉。博徒と御用聞きの二足の草鞋です」

「さすがに忍びのふたり、昨日のうちにそこまでわかりましたか。では、さらに詳しく探ってくださいな。どちらも悪い噂がありそうだ。いろいろと嗅ぎ回って、お知らせください。わたしのほうから、ご家老を通じて、お殿様にお伝えしますので」

あれから強い風の日があり、雨の日があり、どこもかしこも桜の花は散ってしまい、いよいよ夏も近づいた。

亀屋の二階で勘兵衛はごろんと横になり、手枕でぼんやり考えていた。やはり隠密としては花見はまずかったかな。できるだけ目立たぬようにせねばならぬ。

悪人退治の世直しは大切だが、まともにぶつかって大勢の目の前で叩き伏せるなんてもってのほかだ。やりようがあったはずだ。他の花見客同様に、無頼どもにかかわらずさっさと尻尾を巻いて逃げればよかった。

だが、義侠心の強いみんなのこと、悪を憎んでの世直しが生きがいなのだ。大勢の人に迷惑をかける下劣な無頼どもを黙って見過ごすわけにはいかなかっただろう。

「大家さん」

「あ、お京さん」

いつの間にか、横でお京が勘兵衛の顔を覗き込んでいた。

「またそんな居眠りして。あったかくなってきましたけど、お風邪を召しますよ」

「ありがとう。考え事をしてたら、ついうとうと。で、なにか面白い噂でもあったのかい」

お京は首を傾げる。

「面白いかどうか、いやな噂ばっかりですよ。大黒屋の若旦那、庄太郎《しょうたろう》、どうしようもない女好きです」

若旦那の名前が庄太郎というのはわかっている。

「だろうな。花見でおまえさんに目をつけたぐらいだから」

「ああ、いやだ。思い出してもぞっとします。あのとき、大家さんの背中にぐっと抱きついて、甘えられたのはうれしかったけど」

思わず勘兵衛の頬が緩む。

「冗談言っちゃいけない」

「ふふ、あの若旦那。見た目もぱっとしませんけど、品もないし、頭もよくない。ところが、女に見境がないんですよ。金があるから、以前は吉原で遊んでたそうだけど、吉原は格式が高いから、羽振りがよくても、大籬《おおまがき》の花魁にはなかなか相手にされません。そこで地元の深川の岡場所に入り浸り。黒江町の仁吉や絵師の板川秀月《いたがわしゅうげつ》とは、そこで知り合ったんでしょうよ」

「ほう、あのお供の茶人、絵師だったのか」

「美人画で、たいして売れちゃいないでしょうが」

「ふうん」

「庄太郎は吉原では全然もてず、深川で女たちはちやほやしてるけど、本心は馬鹿にしてます。それで庄太郎のほうも、だんだん面白くなくて、近頃じゃ、素人に手を出すとか」

「素人はまずいな」

「面倒が起きると父親の大黒屋庄兵衛《しょうべえ》が金の力で後始末するんでしょ。深川界隈では庄太郎が仁吉たちを引き連れて通ると、若い女はみんな隠れるそうですよ」

「金があってももてないわけだ」

「もてませんよう、あんなの」

お京は忌まわしそうに顔をしかめる。

「じゃ、嫁はまだいないのか」

「いるわけないじゃないですか。あれだけの大店。庄太郎は二十五、六。身代《しんだい》目当ての縁組があってもおかしくないのに、みんな女のほうからお断り。やっぱり男はお金じゃないわねえ」

「やっぱり男は見た目かな」

「どうかしら。あたしは二枚目でもいやですよ。かといって、若いのもいや」

「へえ」

「がっちりした背中で甘えさせてくれるような人なら、少々野暮でもいいんだけど。ねえ、大家さん。またふたりでお酒、飲みませんか」

以前にもお京とふたりで飲んだことがある。色気抜きだが、それはそれで楽しい。

「うん。いいけど。わたしは少々どころか、とんでもない野暮天《やぼてん》だよ」

「そこがいいのよ。ねえ」

すぐ横で「えへん」と咳《せき》の音。

驚く勘兵衛。

「おや、弥太さん。いつの間に」

「さっきから、ずっとおりました」

弥太郎はにやにや笑っている。

「まあ、いやねえ」

弥太郎がここにいるということは、報告に違いない。

「なにか、わかったんだね」

「仁吉のことです。黒江町の仕舞屋《しもたや》に住んでいて、女房も子もありません。子分がこの前、飛鳥山でいっしょだった遊び人たち。関取くずれの安五郎《やすごろう》も子分のひとりです」

「関取くずれが安五郎か。熊さんに投げ飛ばされただけあって、相撲は弱いんだろうな」

「仕舞屋の一部屋を賭場《とば》にしております。あたし、ちょいと遊んできました」

「なんだい。おまえさんも好きだね」

「好きじゃありませんよ。お役目ですし、勝ったこともなし」

「ほんとかい」

「賭場の入口にでーんと構えて睨みを利かせているのが安五郎です。熊さんほどじゃないけど、けっこう凄みはありますから」

「だが、賭場はご法度だろ。自分の住まいで堂々と博奕をするなんて。手入れを受けないのか」

「だから、十手持ちなんですよ。博奕を取り締まるのは町方の手先の御用聞き。自分で自分を取り締まるわけにはいかないし」

「なるほど、考えたな」

「それに、岡場所でも顔でして、揉め事があると、乗り出して始末するようです」

「旦那様」

下から久助の声がする。

「なんだい」

「徳次郎さんがいらっしゃいました」

「なら、上がってもらいなさい」

「へーい」

とんとんと階段を上がる音。お京と弥太郎は足音もせず、久助が知らせもしなかったが、やはり徳次郎はそうはいかない。

「大家さん、こんにちは。おや、みなさんお揃いですね」

「うん、今、大黒屋の若旦那庄太郎と黒江町の仁吉の悪い噂を聞いていたところだ。おまえさんは、どんな悪い噂を仕込んできたんだい」

「ところが、そうじゃないんで」

「ほう」

「大黒屋、驚いたことに評判がいいんですよ」

「へえ」

「主人の大黒屋庄兵衛、これが仏の庄兵衛と呼ばれておりまして」

第二章　大道易者恩妙堂

一

松平若狭介はこのところ、満足している。逼迫《ひっぱく》した公儀の台所が、わずかながら立て直されてきた。ご政道が安定し、江戸の民の暮らしがよくなれば、それが諸国の手本となるだろう。

老中に抜擢されたのが一昨年の秋。それ以前は領国の藩政に力を注いできた。父の死で小栗藩七万石を相続したのが十一年前、二十五歳であった。当時の出羽は打ち続く飢饉《ききん》に苛《さいな》まれ、国元は疲弊しきっていた。亡き父の教え、民を養うことこそ治国《ちこく》の基本である。それを守り、藩政の改善に乗り出した。思い切った決断により、餓死者も出さず、一揆も起こらず、小栗藩は見事に立て直されたのだ。

「殿はなんとも型破りなお方じゃな」

家臣からも領民からも名君と慕われた。藩主となって九年目、一昨年の秋、幕府の老中に就任した。老中首座牧村能登守《まきむらのとのかみ》の強い推しがあっての異例の抜擢である。譜代で松平姓の由緒ある家柄は老中にふさわしく、飢饉で疲弊した藩の財政を短期間で修復した手腕が認められたのだ。

と思っていたが、協議の席で幕政に関する率直な意見はなにひとつ通らず、他の老中からは冷遇された。

若気の至りの若狭殿。

そんな陰口が耳に入った。若狭介の一本気な態度を揶揄する戯言《ざれごと》である。茶坊主の田辺春斎《たなべしゅんさい》がそっと耳元で教えてくれた。若狭介が老中に選ばれたのは国元での功績ゆえではない。当時、老中に空席ができたので、寺社奉行の斉木伊勢守《さいきいせのかみ》が大奥を後ろ盾に老中職を希望していた。伊勢守と犬猿の仲であった牧村能登守が、それを阻止するために若狭介を推挙したのだと。なんだ、当て馬だったのか。それで意見がなにひとつ通らなかったのだな。

憤慨した若狭介は老中など辞めてやると息巻き、江戸家老の田島半太夫にそう告げると、思いもよらぬ意見が返ってきた。

世の中を動かせる力のある老中職をあっさり投げ捨てるのはもったいのうございます。うまく立ち回るための方便。家中から秘密裡に異能の者どもを選び出し、隠密として働かせ、老中の世直しに役立ててはいかがかと。

あまりに奇抜な提案であったが、一本気な若狭介は喜んで受け入れた。隠密として選ばれた者たちを市井《しせい》の長屋一か所に集める案は元家臣の井筒屋作左衛門による。隠密たちを統率する長屋の大家をどうするか。たまたま勘定方の権田又十郎が隠居を願い出ていた。人柄は清廉潔白にして勇猛、文武に優れた剛直の士でありながら頑固一徹ゆえ出世と無縁。隠居願いを承諾し、死んで大家に生まれ変わるよう命じると、なんの躊躇《ちゆうちよ》もなく引き受けてくれた。

市井の田所町に長屋が完成したのが昨年の八月。

世間は一見、天下泰平に見えても、様々な悪が闇の中で蠢《うごめ》いている。ささいなきっかけから、隠密たちは悪事の種を見つけ出し、大商人や幕府要人の不正を暴き、若狭介の指令によって、次々と世直しが行われた。

以来、若狭介は老中御用部屋では何食わぬ顔で同役と打ち解け、協議の際は決して出しゃばらず、前例を守り、首座の牧村能登守に認められ、若年寄や奥祐筆からも一目置かれるようになった。

昨年十一月に北町奉行の柳田河内守《やなぎだかわちのかみ》が不慮の死を遂げた。不正を働く商人との癒着が発覚し、追及を逃れるための自刃であった。師走《しわす》早々に新任の北町奉行として戸村丹後守《とむらたんごのかみ》が選ばれた。丹後守の前職は有能な目付であり期待されていたが、新年に惨殺死体となって見つかった。

わずかな期間にふたりの町奉行が非業《ひごう》の死を遂げたため、不吉な噂が流れて、だれも後任になりたがらない。奉行の空席が続けば町の治安や行政に支障をきたす。南町奉行の磯部大和守《いそべやまとのかみ》より早急の人選を願いたいと申し立てられていた。

難渋していた北町奉行選びが三月にようやく解決した。新任の奉行坂口伊予守《さかぐちいよのかみ》は三千石の旗本で、これといった取柄もないが、悪い評判もない。ともかく、老中一同胸を撫でおろした。中でも一番ほっとしたのが若狭介である。なぜなら、昨年、ふたりの北町奉行を死に追いやったのが、他でもない長屋の隠密による世直しだったからだ。これでようやく一息つける。

今日は八つの太鼓とともに江戸城本丸の老中御用部屋を引き下がり、小石川の屋敷に帰った。いつもなら、八つ過ぎてもあれこれと雑務を片付けているのだが、新任の町奉行も決まり、これといって協議する案件もないのだ。老中は参勤交代を免除されるが、国元から変わった報告もない。世はすべて、こともなし。

「殿」

書院で書見していると、小姓から声がかかった。

「なんじゃ」

「ご家老、田島様が参られました」

「おお、これに通せ」

「ははっ」

書院の入口で江戸家老の田島半太夫が平伏した。

「半太夫、近うまいれ」

「はっ」

半太夫は膝行《しっこう》し、小姓は唐紙を閉めて引き下がる。

江戸家老として松平家に仕える田島半太夫は痩せて青白いが、還暦《かんれき》を過ぎても矍鑠《かくしゃく》としており、主君若狭介を陰日向なく支えている。

「いかがいたした」

「はは、先日、田所町の長屋の一行、飛鳥山で花見をいたしましたよし。井筒屋より知らせてまいりました」

「飛鳥山か。江戸一番の桜の名所であるな」

「大層な賑わいであったとか。そこで一行が揉め事に巻き込まれまして」

若狭介は訝《いぶか》しむ。

「揉め事とな」

「はい、一行が花の下にて商家のいでたちで酒食を楽しんでおりましたところ、無法の輩《やから》に絡まれ、乱闘となり、こやつらを叩きのめして退散させ、居合わせた花見連より喝采を受けたとのこと」

「ふふ」

笑みを浮かべる若狭介。

「みなみな、腕は達者じゃからのう。で、相手は何者かわかっておるのか」

「はい、深川の材木商大黒屋のせがれ庄太郎と絵師の板川秀月。取り巻きは深川黒江町の博徒《ばくと》仁吉。仁吉は町方の手先をしておるよし」

「町方の手先か」

若狭介は顔をしかめる。

「町奉行所同心が使う御用聞きじゃな」

「はい、博徒で町方同心の手先、無法者の手下を従え賭場《とば》を開き、深川の遊里で幅を利かせております。一方、大黒屋の庄太郎は女癖が悪く、町の嫌われ者。ただし、父親の大黒屋庄兵衛は評判もよく、災害などの際は私財をもって貧民を救い、深川界隈で慕われておるとのこと」

「立派な父に不肖《ふしょう》のせがれか。よくある話じゃ」

「勘兵衛は花見の場で思案いたしまして、乱闘に喝采を送った見物の花見連に向かい、茶番の趣向であると誤魔化しました」

「ほう」

「花見の場などで、町人が歌舞を行い、人目を引くために茶番を仕組むことは珍しくないようで」

「それで茶番か。機転が利くのう。勘兵衛一同、町の暮らしに馴染んでおるようじゃな」

「しかし、物見高い見物客は誤魔化せても、当の大黒屋庄太郎と町方の手先仁吉が意趣返しせぬとも限りませぬ。仁吉は町方の手先、手段をこうじて勘兵衛長屋を探るようなことがあれば、大事でございます」

「相分かった。先月の一件以来、これといった世直しの種もなく、長屋の一行、閑を持て余しての花見であろう。女癖の悪い嫌われ者の商家のせがれ、それとつながる町方の手先の博徒、叩けばほこりが出そうじゃ。昨年より、長屋の者たち、ささいなきっかけから巨悪をつきとめ、悪党どもを成敗しておる。ならず者の花見の狼藉、大きな世直しにいきつくかどうか、それはわからぬが、退屈しのぎにひとつ働かせてみようかの」

若狭之介からの指図が井筒屋を通じて勘兵衛に伝えられ、長屋の一同はそれぞれ手分けして、深川の大黒屋と黒江町の仁吉の周辺を探った。

花見の時節も過ぎ、まだ晦日《みそか》には間があるが、亀屋の二階にみなが集まった。

「今日はせっかく集まってもらったのに、酒がなくてすまないが、お殿様からお申し出のあった深川の一件、わかったことがあれば出し合い、すり合わせてまとめてみようじゃないか」

一同に茶を配る久助。

「久助さん、ありがとう」

大男の熊吉がぺこりと頭を下げる。

「あたし、長屋に引っ込んでずっと箸を削るしか能がなくて、深川の探索、なにもできませんでした」

「いやいや、熊さん、そう大きな体を小さくすることはないよ。おまえさんにはおまえさんなりの取柄があるんだから」

　勘兵衛がにこやかに言ったので、お梅も同意する。

「そうですよ、熊さん。あたしだって、ほとんど長屋から出ていませんよ。気にすることないわ」

　二平も恐縮する。

「あたしは鋳掛の道具を担いで今川町や黒江町を回りましたが、ただ足を棒にしただけで、なんの棒にも当たりませんでした」

「いいんだよ、二平さん。みんなもね。調べてわかったことがあれば、ここで出し合って、それについて気のついたことがあれば、聞かせてほしい。探索は大事だが、それをどう料理するかは、みんなの知恵次第だ」

　一同は大きくうなずく。

「大家さん、うれしいわ」

　にっこり笑うお京。

「じゃ、あたしからでいいでしょうか」

「お京さん、頼むよ」

「はい、大黒屋の庄太郎について、その後、わかったことがいくつか。前にも言いましたけど、見た目も気性も悪く、さほど利口でもなく、全然もてませんが、女好き。というより女癖が悪いんです。大黒屋の若旦那といえば、深川の色里じゃ、けっこう名が知れておりまして、ねえさんがたはみんなご存じですよ」

「名が知れていようが、評判は悪いんだね」

「はい、悪い噂ばっかり。で、どんな女遊びをするのか、粋なねえさんたちから噂を集めてきました」

「お京さん、粋なねえさんというと芸者だね。へへ、また芸者に化けたのかい」

半次がにやける。

「違うわよ、半ちゃん。女髪結で置屋を回ったり、あとは色里の居酒屋で玄人《くろうと》のねえさんたちに声をかけたりして」

「いいなあ。お京さんはすんなり色町に溶け込むから」

「おい、半ちゃん、話の腰を折るんじゃないよ」

徳次郎が注意する。

「さ、お京さん、どうぞ」

「ありがとう、徳さん。庄太郎は吉原はもう飽きたから、地元の深川が一番だなんて言ってるそうですけど、いくらお金があっても格式の高い吉原じゃ、全然もてなかったんでしょうよ。大黒屋は深川界隈じゃ名の通った大店《おおだな》ですから、そこの若旦那というだけで、ちやほやはされます」

「ふんっ、いい気なもんだ」

半次が鼻を鳴らす。

「ねえさんたちの噂じゃ、庄太郎がもてないのは、見た目や気性だけじゃなく、遊びが凄まじいらしいんです」

「へえ。凄まじいとは、どんな遊びかな」

玄信が身を乗り出す。みなも興味津々。

「岡場所じゃ、直《じか》に遊ぶ安い店もありますが、金のある客は茶屋の座敷に置屋から女郎を呼んで遊ぶんです。茶屋でも置屋でも庄太郎を持ち上げ、女郎も愛想よく媚びを売るでしょ。ところが、庄太郎は女からべたべたされるのが好きじゃない。いやがる相手に無理強《じ》いするのが好きという」

「わあ、いやな野郎だなあ。そりゃ、もてないや」

半次が顔をしかめる。

「そこで、女郎衆も商売ですから、わざといやがって拒んで見せたり」

「なるほど」

徳次郎は感心する。

「手練手管の駆け引きだね」

「ええ。苦界《くがい》に身を売る女たちは、好きで男の相手をしているわけじゃないわ。それぞれ辛い事情もあるでしょう。金に困ってとか、悪い男に騙《だま》されてとか。そこへつけこむのが庄太郎の女をいたぶる遊びなんです。中でもひどいのは、女郎稼業にまだ慣れていない新入りを買って、仁吉や子分たちとみんなで寄ってたかって嬲《なぶ》りものにするそうです」

「なんと。むごいのう。いくら岡場所でも、そんな無法が許されるのであろうか」

生真面目な左内が眉間にしわを寄せる。

「そこが金の力です。茶屋も置屋も女も文句は言えません。さらにひどいのが、絵師の板川秀月がその無残な様子を絵に描いて」

「ええっ」

あまりの話に呆れる一同。

「ひどいでしょ。そんな無法な遊びでも、小判を何枚も渡せばお得意様」

「まさに苦界だなあ」

徳次郎が溜息をつく。

「庄太郎は近頃じゃ、女郎ばかりか芸者にも手を出して。芸は売っても色を売らないのが辰巳《たつみ》芸者の心意気ですけど、お座敷がかかれば、断れません。若い子たちに慕われていた姐御《あねご》肌のお園《その》さんて芸者、意地を張って庄太郎に逆らったんで、殴られ蹴られ、鼻をぐちゃっと潰され芸者に出られなくなって、釆女ケ原で夜鷹をしてるって、置屋の女将《おかみ》さんが言ってたわ」

「けっ」

いつもおとなしく女に優しい徳次郎が歯ぎしりする。

「そいつらのせいで、気風《きっぷ》のいい辰巳芸者が夜鷹に身を落としたわけか」

「お園さん、別嬪で売れっ子だったのに、悪い客に当たって、かわいそうだって」

「大事な女の顔を傷つけるなんて金輪際許せない。そんな野郎ども、御用にしちまえばいいんだよ」

「そうはいかないの」

「なんで」

「だって、御用聞きがお供についてるんですもの」

ぽかんと口を開けて、うなずく一同。

「そうであったな」

左内がぼそりと呟く。

「そやつら、殿のお指図がなくとも、斬り捨てたい輩じゃ」

苦笑する勘兵衛。

「許せないお気持ち、よくわかりますよ。どう世直しにつながるか。今のところは、様子を見るしかありませんな。そうだね、お京さん」

「はい。岡場所でのひどい遊びもだんだん飽きてきたのか、近頃じゃ、素人《しろうと》にちょっかいを出すなんて噂もあります。まあ、あたしが仕入れたのは、そんなところで」

「ありがとう。庄太郎というのは、とんでもない性悪の極道息子だな。父親は評判がいいらしいが、よく勘当しないものだ」

「大黒屋のこと、あたしが調べてまいりましたので、申し上げます」

徳次郎が居住まいを正す。

「徳さん、頼むよ」

「今のお京さんのお話、庄太郎の悪行三昧《あくぎょうざんまい》、ほんとに許せません。それに引きかえ父親の大黒屋庄兵衛、まったく逆さまで、天と地ほども違います」

「へええ」

「鳶《とんび》が鷹《たか》を産んだなんて言いますが、あの親子、鷹が鴉《からす》を産んだんじゃないか。そんな気がしますよ」

「よほど評判がいいんだね」

「いいってもんじゃないです。深川界隈では仏の庄兵衛と呼ばれております」

「仏なのかい」

「いや、生きてますよ。仏様のように慈悲深いので仏の庄兵衛。歳の頃は五十そこそこ。気質は穏やか、顔つきも品があって、恰幅もいい。見た目もせがれと大違い。背筋をしゃんと伸ばして堂々としていますが、腰は低い。往来で出会う人たちがみな庄兵衛に頭を下げますので、庄兵衛も相手の風体《ふうてい》にかかわらず、にこやかに挨拶を返します。大店の主人で大層な金持ちですが、偉そうなところはありません」

「いかにも善人だな」

「大黒屋が深川で材木屋の店を開いたのは四年前」

「まだ新しい店なんだね。たった四年で評判の大店なのか」

「地道に商いを続けているようです。三年前、伊勢崎町《いせざきちょう》で大きな火事がありました。風の強い日だったらしく広い一帯をきれいに焼き尽くし、人が大勢死にましたが、命が助かっても住む場所も金も仕事もなくて、難渋している人も多い。地主も類焼で死んでいて、なかなか焼け跡を建て直せない。そのとき、手を差し伸べたのが大黒屋でした」

「ほう。どんな手を」

「私財で焼け野原を買って、たくさんの長屋を建てました。材料はいくらでもあります。職人を大勢雇い、焼け出されて仕事をなくした人は下働きに使って手間賃を出す。出来上がった伊勢崎町の長屋は大黒屋の名前を取って大黒長屋。急ぎ仕事の安普請ではありますが、十軒の棟割り長屋がおよそ十棟。百軒長屋に焼け出された人たちを住まわせ、最初の一年は店賃も貰わなかったと」

「それで名をあげて、仏の庄兵衛なんだね」

「世の中に金持ちはけっこういますが、儲けも考えず、困っている人のために自分の金を投げ出すなんて、そうはできることじゃありません。金持ちほど渋かったりしますから」

「慈悲深い仏の庄兵衛は金で人々を救い、せがれの庄太郎は金で女を弄《もてあそ》ぶ。あまりにも違いすぎる親子だが、他に身内はあるのかな」

「庄兵衛には女房はおりません。せがれとふたりで江戸に出てきて、四年前に深川に店を出しましたが、親類縁者もなく、奉公人は口入屋で手配するか、同業から引き抜いたりもしたそうです」

「へへ、徳さん」

「なんだい、半ちゃん」

「おまえ、また小間物の荷を担いで、大黒屋の台所へ潜り込んだね」

「うん、そんなところだよ。主人の庄兵衛は奉公人の受けもいい。番頭から小僧、女中から飯炊きの婆さんまで、おおらかに接し、怒った顔を見せたことがないというんだ」

「おおらかで怒らない。それでせがれにも甘くて叱らないのかな」

呆れる勘兵衛。

「ところが、外でさんざん女遊びをするくせに、庄太郎は父親の前では孝行息子そのもの、親子仲はいいそうで、店では借りてきた猫のようにおとなしいようです。とはいえ、外での悪い噂は奉公人の耳にも入っているでしょうが」

勘兵衛は首を傾げる。

「外では外道《げどう》の獣のくせに、家では猫を被《かぶ》って父親に甘えているわけだな。玄人相手の遊びはともかく、町の素人にちょっかいを出したりしたら、大黒屋に外からの苦情が持ち込まれるんじゃないか」

「仏の庄兵衛ですから、遠慮して、泣き寝入りなのか。あるいは苦情があっても、金の力で揉み消しているか」

「民を苦しめる極悪非道の親子なら、お殿様にお伝えして、成敗の仕方もあるだろうが、父親が町の人たちに慕われるほど慈悲深いとなると、どうしたものかな」

「あの、よろしいでしょうか」

弥太郎が言う。

「あたしは黒江町の仁吉を探ってきました」

「なにか出たかい、弥太さん」

「先日も申しましたが、黒江町の仕舞屋《しもたや》に住んでいて、女房も子もなく、住み込みの子分が六人。そのうちのひとりがこの前、飛鳥山で熊さんに投げ飛ばされた関取くずれの安五郎です」

「へへへ」

熊吉が笑って首筋を撫でる。

「仕舞屋で賭場《とば》を開いたり、岡場所は吉原と違って溝《どぶ》も大門《おおもん》もありませんから、女が逃げるのを捕まえて折檻したり、阿漕《あこぎ》な真似をしておりますが、町方の旦那から手札を預かる十手《じって》持ち。お上の手先が悪いことをしていれば、取り締まりどころじゃありません」

顔をしかめる勘兵衛。

「御用聞きには無頼《ぶらい》のならず者がけっこう多いからな。毒をもって毒を制するのも考えものだね」

「しかも、この仁吉って野郎、相当に腕っぷしが強いらしいんです。賭場で子分たちが自慢してました。もとは旅の渡世人だったそうですが、深川に草鞋《わらじ》を脱いで、当時深川を仕切っていた博徒《ばくと》の親分とぶつかりましてね。殺したか追い出したか、そこまではわかりませんが、縄張りを奪って自分が親分になり、ついでに町方の手先にもなったという話でして」

「へんっ、そんなに強いとも思えないや」

半次が吐き捨てるように言う。

「十手をふりまわしながら、左内さんにあっという間に当て身を食らわされて伸びたじゃないか」

「そりゃ、左内さんが相手なら、どんな大物のやくざだって勝てませんよね」

左内は無言で首を傾げる。

「仁吉って野郎は博奕《ばくち》打ちで御用聞き、岡場所だけでなく、大店の商家も回って小遣い銭をたかっています。その一軒が大黒屋なんで」

「御用聞きが出入りの大店の若旦那と腐れ縁か。極道同士、目の寄る所へ玉も寄るというわけだな」

「あ、今ちょっといやなことを思い出しましたけど」

お京が口の端を歪めながら言う。

「庄太郎の悪い遊び、寄ってたかって女を嬲りものにするごろつきがその仁吉でしょうけど、関取くずれが女を組み敷いて、男たちが相撲見物を真似てやんややんやと大喜びするそうで、あれだけはどんな女もいやがるとか」

「その関取くずれが安五郎に違いありません。あ、それから、もうひとつ気になることがありまして」

「ほう」

「仁吉や大黒屋の周りを探っておりますと、別にもうひとり、庄太郎の跡をつけたり、大黒屋の近くで人にものを尋ねたりしている浪人がいましてね」

「浪人がなにか探っているのかい」

「庄太郎の悪行は岡場所だけにとどまらず、町の素人にも手を出しているとすれば、町方が密かに動き出したのか。手先の仁吉はまるで役に立ちませんから」

「あ、弥太さん、その浪人って、若くてちょいといい男でしょ」

お京が言う。

「うーん、そうかもしれないけど、お京さんも気がついてたのかい」

「ええ、目鼻立ちがすっきりしてて、背筋のしゃんと伸びた若い浪人。いい男は忘れないわ」

徳次郎も言う。

「その若い浪人なら、あたしもちょいと気になっていましたよ。町方の手の者でしょうか」

「お京さんも徳さんも気づいてたんですね。あたし、そっと跡をつけてみましたら、馬喰町《ばくろちょう》の宿に入っていきまして、夜になると、近くの居酒屋でひとり飲んでいたり。どうも町方の筋じゃないようで」

勘兵衛が首を傾げる。

「うーん、町方でないとしても、なにか大黒屋とかかわりがありそうだね」

「はい、素性もわからなければ、なにが狙いかもわかりませんが」

「ほほう、それは面白いですな」

玄信が静かに微笑《ほほえ》む。

「え、先生。面白いですか」

「大黒屋は善人の庄兵衛と極道の庄太郎。白か黒か。それを嗅ぎまわる若い浪人。かかわりがあるのかないのか。ひとつ、わたしが当たってみましょうか。吉か凶か、どんな卦《け》が出るかはわかりませんが」

「では、先生、お願いしますよ」

二

勘兵衛長屋でみなから先生と呼ばれ頼りにされている恩妙堂玄信。元は小栗藩松平家の祐筆を勤める家臣だった。身分も名も捨てた今となっては、昔の名前などどうでもいいが、当時は秋山彦三郎《あきやまひこさぶろう》と名乗っていた。

秋山家は代々の祐筆ではなく、彦三郎の父は江戸定府《じょうふ》の使番《つかいばん》だった。主君の側近《そば》くに仕え、必要に応じて伝達などを行う番士である。武家にとって身分や役職は父から嫡男に伝えられる。彦三郎は次男だったので、家を継ぐことはない。幼い頃から武芸より学問が好きで、将来は学者として身を立てることを目指し、父も賛成してくれたので、元服後は独学で諸派の書物に取り組んだ。

彦三郎が十八のとき、四歳上の兄が流行《はや》り病で亡くなり、母も感染して命を落とした。嫡子となった彦三郎は兄に代わって番方の見習いを命じられ、剣術の修行のため町道場に通った。最初はまるで上達しなかったが、相手の癖をつかみ、動きを読むことを習得し、巧みに隙をついて勝負を決めた。だが、それも長続きしない。慣れた道場仲間の手の内は読めても、相手に悟られ、気力も体力も続かず、初戦の相手は動きを予想できず、なかなか打ち込めない。

戦乱のない泰平の世とはいえ、番方ならば、主君の警護のため、剣の腕が求められる。だが、自分には剣術の素質はないと判断し、父に相談した。

父も彦三郎の剣技が心許《こころもと》ないのを知っている。納得した父は使番より家格も石高も下げて、祐筆に請願してくれた。当時の主君は先代であったが、江戸家老の田島半太夫は融通が利き、彦三郎の学識を認め、祐筆見習いが承認された。公式文書を整理し、書状を書式に従って作成する役職である。彦三郎は水を得た魚のように馴染んだ。幼い頃から漢籍に通じ、書体や書風の読み書きも自在で、すぐに役立った。

父の隠居により彦三郎は二十五で秋山家の当主となり、見習いから正式に祐筆の御役を拝命する。

三十でようやく妻を娶《めと》った。翌年、父は安心したのか、還暦を待たず永眠した。

日々の仕事は順調で、余暇にはひたすら和漢の書物に耽溺《たんでき》する。そればかりか、下世話な戯作《げさく》や浄瑠璃《じょうるり》本まで蒐集したので、さほど広くない拝領屋敷は書物で溢れた。

温厚で博覧強記、頭脳明晰ではあるが、彦三郎にはひとつの悪癖があった。しゃべりだすと止まらない。知ったかぶりで知識をひけらかすのだ。それがいやさに、妻はほとんど口も利かず、子をなさぬまま、とうとう五年で離縁となった。彦三郎はその後、後添えの話は断り、養子も貰わず、老僕の与吉《よきち》が身の回りの世話をした。

藩邸の御用部屋で最初は重宝されていたが、長年勤めると慣れて、知識の劣る同輩たちを見下し、得意げにしゃべる。出世とは縁がなく、同輩たちも次第に迷惑がるようになり、上役からたびたび叱責される。自分に落ち度があるとは露ほども思わないので、仲間外れは心外だった。

一昨年、主君若狭介が老中に就任した際、殿中でのしきたりや作法など、有職故実《ゆうそくこじつ》に通じる彦三郎に声がかかり、問われると直に進言することもあった。同輩に自慢こそしなかったが、御用部屋では目に見えて疎外された。その頃から、書式通りの書状を書くだけの仕事もだんだんつまらなくなる。

父も亡くなり、妻も子もない今、いっそ御役御免を願い出て、好きな学問の道にでも進もうか。だが、考えてみれば、広く浅くなんでもかんでも知ってはいても、有能な学者に教えを受けた経験もなく、ひとつの道を究《きわ》めたこともない。

殿の老中就任にともない、幕閣や要人との書簡のやりとりが増え、御用部屋も忙しくなった。あるとき、さる大名より書状が到来した。その大名宛てに前日に送った若狭介からの書状が、別の大名宛てに差し出すべきもので、宛名が間違っており、内容も合わなかったため添え状とともに返却されたのだ。

あってはならぬ失態である。手跡を確認するよう江戸家老の田島半太夫より御用部屋に伝えられた。書状を認《したた》めた者が判明すれば、切腹とはならないまでも、咎められ、御役御免となろう。だが、その日には多数の書状が手分けして書かれており、書体は統一され似通っているので、だれの手跡か詮議するのは容易ではない。

書に通じ細かな筆使いを読み取る彦三郎にはすぐにわかった。江戸詰の祐筆の中で一番若い佐々木梅之介《ささきうめのすけ》の手跡に違いない。本人も気付いているのか、いつ判明するかとびくびくしているようだ。

祐筆の中でみなから蔑《ないがし》ろにされる彦三郎であったが、佐々木だけは人柄もよく、歳は離れていたが、温かく接してくれた。昨年に祝言を挙げ、幼子も生まれたばかりで、老母の世話にも心を砕いているらしい。ついうっかりと宛名を間違えたのだろうか。

「それがしの手に間違いござらぬ」

彦三郎は一同の前でそう告げ、そのまま家老の田島半太夫の前に赴《おもむ》いた。

「どのようなお咎めも、覚悟いたしております」

半太夫は首を傾げる。

「秋山、そなた、いくつになった」

「はい、四十五でございます」

「祐筆は二十年ほど勤め上げておろう」

「はい」

「弘法《こうぼう》も筆の誤《あやま》りとは申せ、解せんのう。今までかような過《あやま》ち、一度もなかったであろう」

「書状の宛名を違えるなど、たった一度でもあってはならぬこと。いかようにもお計らいくださいませ」

「うーん」

半太夫はしばし考え込む。

「ならば、こういたそう。まず、御役御免。当藩より放逐《ほうちく》いたす」

「ははあ」

放逐は手厳しいが、妥当なところでもある。

「だがな、秋山。そなたの学識、殿も高く買っておられる」

「畏れ入ります」

「そなた、同役の者を庇っておるのではないか」

「滅相もない」

「まあ、よい。祐筆は御役御免、屋敷も召し上げる。身分も名も捨てることになるが、それでもよければ」

　半太夫はぐっと彦三郎の目を見る。

「もう一働きする気はないか」

　彦三郎は首を傾げる。

「藩より放逐されながら、一働きでございますか。しかも名も捨てる」

「さよう」

「浪人ではありませんな。身分も名も捨てながら、藩のために働くとは」

　思案する彦三郎。

「なんと心得る」

「間者《かんじゃ》になれと、仰せではございませぬか」

　半太夫は膝を叩く。

「おお、なにゆえ、そう思うた」

「昨年、殿はご老中になられました。殿の書状にはお人柄が表われております。民を思うお心。一本気なご気質。されど、天下の政《まつりごと》は思うに任せず。悩んでおられるご様子」

「それゆえ間者とは、そなた、こじつけが過ぎよう。が、あり得ぬ話ではない。これから申す事、決して他言無用じゃ。今、家中より密かに異能の士を集めておる」

秋山彦三郎は即日、田島半太夫とともに松平若狭介に拝謁した。

「おお、秋山、久しいのう。しきたりや作法に精通しておるそのほうのこと、書状の宛名を書き違えるなど笑止《しょうし》。よもや、そのほうではあるまい。なにゆえ名乗り出たのじゃ」

若狭介には彦三郎の失態でないことがわかっていた。

「わたくし、祐筆の中でもみなから疎《うと》まれており、そろそろ御役御免を願い出ようかと思案していた矢先。あの日の書状は六名で手分けして認め、わたくしもその中におりました。だれひとり自分が間違ったとは思っておりませぬ。それゆえ、わたくしでないとは断言できず、名乗り出た次第でございます」

にこやかにうなずく若狭介。

「さようか。ならばだれを咎めるわけにもまいらぬな。そちの忠心、なかなか見事であるぞ」

「忠心などとは、畏れ入ります」

「隠密となれば、身分と名を捨て家も捨て、ときには命も捨てることになる。手柄を立てても名誉にならず、市井の民として闇に紛れて生きる捨て駒じゃ。その覚悟はできておろうな」

「重々承知しております」

「では、これより隠密を命じる。よいな」

「ははあ」

彦三郎は深々と平伏する。

「この秋山彦三郎、命に代えましてお受けいたしまする」

やがて顔をあげる彦三郎。

「殿、ひとつうかがってもよろしゅうございましょうか」

「なんなりと申せ」

「戦乱の世であれば、どこの藩も隠密を使っておりました。泰平となった今も、密かにその役目はございましょう。当藩にもそれはあったはず。が、ご家老から承《うけたまわ》りますれば、今、新たに家中より隠密を選んでおられるよし。ご老中になられた殿が、なにゆえ、新規の隠密を使われますので」

「ふふ」

若狭介は笑って、傍《かたわ》らの半太夫を見る。

「半太夫。この者、祐筆としても使えたが、隠密に向いておるようじゃ。よい者を見つけてくれた」

「ははあ」

「のう、秋山。民を養うことこそ治国の基本である。それがわが父の教えであった。上の者が襟を正し、民が安穏に暮らせてこそ、真の天下泰平。巷《ちまた》で様々な不正がはびこれば、ご政道も危うくなり、天下が疲弊いたす。この江戸市中で不正を探り、悪事の芽を摘み、世を安寧に導くために、お上とは別に密かな世直しを行う。と、大きく出たのじゃ。それには隠密の働きがなにより効き目があろう。そのほうも一駒となり、長年溜め込んだ知見、思う存分活かしてみせるがよい」

「及ばずながら、喜んで世直しの駒になりまする」

再び深く平伏する彦三郎であった。

やがて、拝領屋敷の明け渡しの日が決まり、老僕の与吉には過分の金子《きんす》を与えて暇を取らせた。大量の書物は気に入りの数冊だけを持ち出し、残りは藩邸の文庫に寄進することにした。

着の身着のままで拝領屋敷を去る日、祐筆の同役で挨拶に来たのは若い佐々木梅之介ひとりであった。

「秋山様、大変お世話になりました。あの書状の間違い、わたくしが」

「いやいや」

彦三郎は首を振る。

「なにも申されるな。あの場にはそれがしも含め六名がいた。だれの間違いか詮議すれば、後々気まずくなろう。人はだれでも過ちを犯すものじゃ。祐筆の過ちは書状に残る。それがし、二十年の間、何度間違ったことか。が、間違いを悔やむのは心得違い。なにゆえ過ちが生じたか。心して熟慮すれば、同じ過ちを二度と繰り返さずに済み申す」

佐々木梅之介は目を潤ませる。

「今のお言葉、肝に銘じまする。この後、いかがなされますか」

「心配ご無用。それがしには親も子も妻もおらぬ。気楽な身分でござる。佐々木殿、お母上、ご新造、お子を大切になされよ」

「ありがとう存じます」

梅之介は彦三郎の手を取り、しっかりと握った。

「秋山様、どうかお達者で」


小石川を後にし、着の身着のまま、風呂敷に包んだ数冊の書物のみを携えて、日本橋通旅籠町の地本問屋井筒屋を訪ねた。

「お待ち申しておりました。秋山様」

奥座敷に通されると、主人の作左衛門が深々と頭を下げる。

「井筒屋殿、世話をかけますのう」

「ご家老様からうかがっております。秋山様は祐筆をなされておられ、和漢の書物に精通しておられるとのこと」

「それほどでもありません。こちらの店先にも興味深い文献が多数見受けられました」

作左衛門は笑って首を振る。

「いいえ、わたくしどもで扱っておりますのは下世話な戯作や道中記、切絵図や浮世絵の類《たぐい》でございます」

「それがし、屋敷勤めで難しい本は読み飽きましたので、今は滑稽本や人情本が楽しみでしてな」

「それはそれは。して、今後のお役目は市井の民になりきること。武士を捨て、町人になっていただきます。そのためにわたくしがお世話をいたしますが、なにかご希望はおありでしょうか」

「と、申されますと」

「今、普請しております町の長屋が夏の終わり頃には出来上がります。隠密になられたみなさまに、そこにひとまとめに暮らしていただきます」

「ほう」

彦三郎は感じ入る。

「それはまた、思い切った策でござるな。隠密をひとつの長屋に集めますのか」

「はい、そして、わたくしがご家老様とのつなぎとなります」

彦三郎はじっと作左衛門を見る。

「井筒屋殿」

「はい」

「ご貴殿、小栗藩の隠密とお見受けいたす」

内心はっとするが、とぼける作左衛門。

「わたくしがですか。見ての通りの商人でございますが、どうして、隠密と思われます」

「造作もない。隠密は市井の町人となって暮らすが、殿のお指図で密かに働く。殿からのお指図はご家老を通じて、隠密を差配する頭目に伝えられる。井筒屋殿、町人ながらご家老と通じておられ、新たに隠密となる者の世話をなさる。まさに頭目でございましょう」

作左衛門は大きくうなずく。

「なるほど、ご家老様があなたを選んだわけがよくわかります。わたくし、元は小栗藩の家中、お役目で隠密を勤めておりました。ですが、二十年ほど前に藩を離れまして、商人となり、こちらが本業。今年になって久々にご家老様にお目にかかり、新たな隠密の件を打ち明けられまして、それで長屋のことを提案いたしましたが、ただのつなぎでして、頭目は今、ご家老様がご家中より人選なされています」

彦三郎は広い座敷を見回し、うなずく。

「たしかに、これだけの大きな商い。手広く続けるには商売一筋でなければなりませんなあ」

「いえ、少しは昔の血が騒ぎます。それでご家老様のお手伝いを陰ながら買って出ましたが、あくまでも陰のお手伝いでして」

「わかり申した。さて、身分を捨て町人になる手立てでござるが、それがし、剣はまるで不調法ゆえ、町人のほうが向いておりましょう。ですが、市井の長屋に暮らすとなると、どのようにすればよろしいか。よい思案はございましょうか」

　作左衛門は値踏みするように彦三郎を見る。

「そうですねえ。秋山様は学識おありと、ご家老様よりうかがっております。筆が立つならば戯作者として、うちで働いていただこうかとも思いましたが」

　彦三郎は目を輝かせて膝を打つ。

「戯作者、それは面白そうですな。それがし、黄表紙なども好みます」

「黄表紙がお好きですか。ならば、町人に向きましょう。しかし、今、ふと思いつきました。わたくしを隠密と指摘されたお手並み、人を見る目がおありですな。易者はいかがですか」

　首を傾げる彦三郎。

「易者、人相手相などを見る売卜者《ばいぼくしゃ》でござろうか」

「はい。辻々で通行する者を呼び止め、運勢を語り、見料《けんりょう》を稼ぎます。戯作者もいが、本が売れて名前が目立つと、詮索されては厄介です。隠密は決して目立ってはいけません。易者なら、夕闇に紛れて通行人に話しかけるだけ。なかなか弁舌さわやかとお見受けしましたので」

彦三郎は苦笑する。

「口数が多いのは、お屋敷でも苦情が出ておりました」

「隠密のお役目は長屋の普請が終わってからなので、秋になりましょう。それまでの間、この店にある易や占いの本を差し上げますので、専念なさったらいかがです」

「どんな本がありますかな」

「易経、卜占《ぼくせん》、方位、姓名、陰陽道《おんみょうどう》など、そこそこに売れております」

「ということは、それらの本を読めば、だれでも易者になれますか」

にやりと笑う作左衛門。

「ふふ、だれでもというわけにはいきませんよ。向き不向きもあり、才もなければ」

「でしょうな」

「この手の本を求める人は、易者を商売にしようというより、たいていは自分で自分の運勢を知りたいからです」

「それがしは己の運勢を知りたいとは思いませんな。そんなもの、たかが知れております」

「易者になられても、暮らしのために易者で稼がなくてもよろしゅうございます」

「おっしゃる通り。隠密の素性を隠すための偽りの稼業。暮らしの糧はお屋敷からくだされるのでしょう」

作左衛門は感心する。

「よくおわかりで」

「稼がなくてもよいなら、見破られないほどには、易者になりきりましょう。若い頃、天文や暦に心惹かれ、陰陽道をいろいろと調べたことがあります」

「ほう、それなら、ますます易者に向いておられる」

「形だけの稼業ならば」

「卜占の元締めは京の土御門《つちみかど》家ですが、わたくしどもで、占いの本をいくつも出しておりますので、顔を利かせましょう。大道での八卦《はっけ》は香具師《やし》の親方を通せばよろしい。いずれお引き合わせいたします」

「それはかたじけない」

「とりあえず、長屋の普請が終わるまでの間、仮住まいをお世話いたします。お荷物は」

「ご覧の通り、身ひとつでして。ご家老より、なにも持たずともよいと言われております」

「はい、入用のものがあれば、こちらで手配いたします。まず、ここから遠くない横《よこ》山町《やまちょう》に手頃な長屋があり、わたくしが請け人になりますので、お移りください」

「それがしの他にも家中より選ばれた者がいるとのこと。みな、井筒屋殿が請け人として住まいを世話なさるのですか」

「みながみなというわけではありません。それぞれご事情もありますので。ですが、今普請中の長屋はわたくしが地主となります。町奉行所の人別帳は、ご家老様と相談の上、手配いたし、秋にはみなさまにお住みいただきます」

「なるほど、念の入ったる首尾でござるな。さすがに、井筒屋殿、元は隠密だけのことはおありだ」

「いえいえ、町方の人別帳は、さほど厳密ではございません。目をつけられない程度なら、筆の先でなんとでもなります」

「まさか」

「はは、冗談でございますよ。それはさておき、ご案内する長屋では秋山彦三郎というお名前は名乗らず、なにかお考えください」

「さようですな」

「町人には名字はありませんが、易者となれば、屋号があったほうがよろしいかと」

彦三郎は頭をひねる。

「今、ぱっと浮かびました」

「ほう」

「易学は陰陽道に通じる。それを屋号にして恩妙堂、恩人の恩、妙なる妙で恩妙堂」

感心する作左衛門。

「ほう、これは手早い。即座に屋号が浮かびましたか。陰陽道から恩妙堂ですか。なかなかよろしゅうございます。して、下のお名前は」

「うーん、先日までは屋敷勤めの祐筆、今後は隠密となり、易者が隠れ蓑。まるで夢幻のごとき。嘘か真か。幻のげん、真のしん。げんしん、当て字で玄人の玄、信用の信。秋山彦三郎改め恩妙堂玄信、いかがでございましょうか」

「おお、では、今後は恩妙堂玄信先生とお呼びいたします」

三

小栗藩を放逐となった秋山彦三郎は姿を消した。通旅籠町からさほど遠からぬ日本橋横山町の長屋に恩妙堂玄信と名乗る中肉中背で小太りの四十男が入居した。寝具、文机、行灯《あんどん》、食器など暮らしに必要な品はすべて井筒屋の計らいにより、届いていた。長屋の隣近所に挨拶する際に稼業は易者と触れ込んだが、最初のうちは商売に出ることなく、易学や占いの書籍をひたすら読んで過ごし、ついでに戯作や絵草子も読み耽《ふけ》った。

書見の傍ら町を散策し、実際の易者を見つけると遠くから観察した。たいていの大道易者は白い布の掛かった見台《けんだい》を前にして床几《しょうぎ》に腰掛け、時々通行人に声をかけ、天眼鏡で人相や手相を見たり、見台の上の筮竹《ぜいちく》を抜いて数え、運勢を告げている。当たるも八卦、当たらぬも八卦。

易者の身なりはそれぞれで、神官風や僧侶風の者もいるが、宗匠頭巾の茶人風が多いようだ。客を前にして、言葉遣いはものものしく、武家ともつかず、町人ともつかず、在野の学者か辻講釈師を思わせる。なるほど、これでいこう。

井筒屋を訪ね、道具や身なりを整え、作左衛門の紹介で香具師の親方に挨拶する。

「玄信先生は元学者でして、よろしくお願いいたします」

「井筒屋さんがおっしゃるのなら、間違いないでしょう。承知いたしました。柳原でしたら場所に空きがありますので、いつでもどうぞ。稼ぎにかかわらず、出ても出なくても、十日ごとに場代を頂戴しますが、よろしゅうございますね」

四月になって、いよいよ街頭で易者を始めた。出かけるのは午後遅く、面倒なので筮竹や算木《さんぎ》のような卜占具は使用せず、夕暮れになると、見台の上に易と書かれた行灯を点し、客が来るのを待つ。こちらからわざわざ声をかけたりはしない。

柳原土手は盛り場ではないので、人の行き来は多くなく、夕暮れになるとめっきりと少なくなる。

「見てもらいたいんですが」

歳の頃は二十五、六の町人に声をかけられる。

「見料はいかほどで」

商家の奉公人のように見えるが、銭はたいして持っていないのだろう。

「卦によって違いますが、ちょっとした運を見るのなら、まず、五十文いただきましょう」

男はほっとした様子。

「なら、お願いします。この先の居酒屋で一杯ひっかけようと思いまして。そこの女がどうやらあたしに気のある様子。ですが、ほんとに気があるのか、商売で媚びを売っているだけか、よくわからなくて、もやもやしましてね。どうでしょう。どっちかわかりますか」

玄信は天眼鏡で男をじっと見る。丸い顔で、目は小さく、鼻は低く。唇は薄い。

「なかなかいい人相をしておられる」

「へえ、そうですか」

「その居酒屋では、もてておられるようだ」

「わかりますか。うれしいな」

「ただし、もて続けるには銭をたくさん費やさねばなりませんぞ」

「はあ」

「ここが思案のしどころです。もてているのは銭のおかげで、結局、銭を無駄にするだけで、なにも残りません。その居酒屋はここから西ですか、東ですか」

「東のほうで」

「うーん、方角がよくない。それゆえ女難の相が出ております。もうこれ以上は、飲みに行くのはおよしなさい」

「おお、先生、ありがとうございます。目が覚めました」

男は五十文を払って、すごすごと帰っていった。

占いでもなんでもない。少し頭を使えば、相手がどんな人物で、なにを考えているのか、ある程度のことはわかるのだ。当たっても当たらなくてもいい。易者稼業はあくまでも、世を忍ぶ仮の姿だから。だが、先生と呼ばれるのは面映《おもは》ゆい。世間では学者や医者や講釈師と同様に、易者もまた先生なのだ。

屋敷勤めの折、祐筆の非番は四日に一日だった。大道易者はほとんど毎日が非番のようなもので、思い立った日だけ柳原に出かける。客はせいぜい、ひとりかふたり。大道易者に大きな悩みや相談を持ち込む客などおらず、気楽な稼業である。

七月下旬になり、井筒屋から連絡が入った。田所町に長屋が完成したので、八月から入居するようにと。いよいよ本来の任務が始まるのだ。胸は躍るが、ふと思った。隠密の主な役目は探索である。自分にできるだろうか。三月から七月まで、ゆとりはあったが隠密の修行はなにもしていない。剣術はもとより役に立たず、尾行や追跡も無理であろう。自分はどういうわけで選ばれたのか。易者は形だけそれらしく見せればいいが、隠密となるとそうもいくまい。

八月となり、横山町から田所町への転宅の日程は、あらかじめ井筒屋より決められていた。寝具や家具や衣類、易者の商売道具、武士時代の刀剣、そしてわずかの間に増えた本。たいした量ではないので、すぐに済むと思い、大家に挨拶し、午後から荷造りを始めたのだが、はかどらない。荷車だけは前日に井筒屋が手配してくれていたので、あとは細々《こまごま》としたものを整理し不要なものを処分、残りを積み込むだけ。重いものや嵩張るものはほとんどないのに、やけにてこずった。どうしてこんなに手間がかかるのか。ひとつには、本を整理しながら、ついぱらぱらと読んでしまうのだ。読みだしたら止まらなくなる。

「なにやってるんですか、先生。もう暮れ六つですよ」

夕暮れに井筒屋の若い番頭久助が心配して見に来てくれた。

「ああ、すまないね。あとは積み込むだけなんだ」

とはいえ、整理が終わっていない。もっと明るいうちにやっておくべきだった。ふたりがかりでようやく積み終えて、隣近所に挨拶し、久助と荷車を田所町に運んだ。提灯《ちょうちん》をかざしながら久助が梶棒を引き、玄信が後ろから押す。

「着きましたよ。木戸は開いていますが、中はもう暗いです」

木戸を入って北の一棟に五軒、南に五軒、向かい合わせの十軒長屋。すでに八名の者が入居しており、一軒は空き店《だな》とのことで、玄信が一番最後である。

「ここです」

南側の真ん中が玄信の住まい、久助が提灯の火を行灯に移してくれたので、ふたりで荷物を運び入れる。

「おやおや、遅かったじゃない」

年配の女が玄信の家を覗き込む。

「あ、お梅さん、こんばんは」

久助が女に挨拶する。

何者だろうか。この長屋の住人はみな家中から選ばれた隠密のはずだ。夜目にも若くない。なにゆえここにいるのだろう。久助が挨拶したということは、井筒屋とかかわりのある女だろうか。

「お梅さん、こちら、恩妙堂玄信先生です。先生、こちら、北のとっつきのお梅さんです」

女は玄信に頭を下げる。

「産婆をしております。梅と申します。どうぞよろしくお願いいたします」

やはりこの長屋の住人、ということは隠密のひとりか。当然ながら武士ではない。

「わたしは恩妙堂玄信です。柳原土手で易者をしております」

「ああ、それで先生なんですね」

「お恥ずかしいです。で、お梅さん、産婆さんということですが、失礼ながら、元のお役目はなんでしょう。わたしは祐筆を勤めておりました」

「まあ、元祐筆で易者の先生。さぞ占いがお得意なんでしょうね」

玄信を見て、にやにやするお梅。

「うーん。参りました。八卦は未熟ゆえ、わかりかねます。ですが、屋敷には勤めておられませんね」

「はい、ご明察。死んだ亭主が医者でして、お屋敷の典医でした。跡を継ぎましたせがれと折り合いが悪くて、意地の悪い嫁に毎日のように嫌がらせをされましてね。それで逐電《ちくでん》して、ここに」

これには驚いた。奥医師の寡婦がせがれ夫婦と仲が悪くて、家出したらしい。が、いったいどうして隠密なのだろう。

家老田島半太夫から家中より異能の者ばかり選んだと聞いている。産婆をしているということは、なるほど、そうか。

「医術の心得がおありなのですか」

「まあ、よくおわかりですわね。さすが先生」

お梅はうれしそうにうなずく。

「玄信先生、実はお梅さんは名医なんですよ」

久助が言う。

「いやだわ。名医だなんて。女は医者にはなれないんですもの」

「ですから、この長屋に来ていただいたんです。薬草にも大変お詳しくて」

ははあ、それならば、役に立つかもしれない。

「じゃ、先生、あたしは店に戻ります、もう遅いですから。厠《かわや》はおわかりですね。この奥です」

久助は空の荷車を引いて出ていき、お梅が木戸を閉めた。

「玄信先生、おやすみなさい」

「はい、失礼いたします」

その夜は他の店子《たなこ》にはだれにも会わず、引っ越し疲れで朝までぐっすりと寝込んだ。

翌朝、厠に行こうとして外に出ると、井戸端でとてつもない大男が米を研《と》いでいた。

「おはようございます。朝餉の支度ですかな」

「おはようございます。はい、これから飯を炊きます」

「ほう、それは何日分ですか」

「今日一日の分ですが」

「なるほど」

大層な量の米を一日で食べ尽くすのもうなずける。それだけ大きな体なのだ。

「申し遅れました。昨夜、遅くに転居してまいった恩妙堂玄信と申します」

「熊吉です。どうぞよろしく」

顔もいかつく、たしかに熊のようだ。

「熊吉さんとおっしゃいますか。名は体を表す、まさに至言《しげん》ですな」

相手はぽかんとしている。思わず余計なことを言ってしまった。

「わたし、恩妙堂は屋号でして、大道で易者をしております」

「というと、占いの」

「はい、元は祐筆でした」

隠密にはそれぞれ町人としての稼業がある。この大男は相当に体力がありそうだ。生業《なりわい》はなんであろう。

「あなた、ご商売は。関取ではありますまいな」

「箸を削る職人です」

意外であった。

「おお、箸ですか。それはよろしいですな。箸は鳥の嘴《くちばし》からきた言葉で、川の両岸をつなぐのも橋。古より人と食物をつなぐのが箸」

あ、また余計なことをべらべらしゃべってしまった。悪い癖である。

「元のお役目は」

「賄《まかない》方《かた》を仰せつかっておりました」

なるほど、大食いで、箸職人で、以前は賄方。

「それで、納得がいきました」

その日は一軒一軒、挨拶をした。木戸を入って北側のとっつきのお梅は昨夜に済ませている。その隣は三十前後のへらへらした男。

「昨夜、越してまいりました恩妙堂玄信、易者でございます」

「わあ、当たるも八卦、当たらぬも八卦の先生でござんすねえ。へへ、あっしは見ての通りのでえくでして」

でえくとはなんであろうか。あまりに軽々しい職人訛りに一瞬戸惑ったが、半纏《はんてん》に尻からげ、黒い股引《ももひき》。大工のことだと合点した。しかし、どう見ても生まれながらの町人、とても武士であったとは思えない。

「失礼ながら、元のお役目は」

「なんと、元の役目を問われるか。それがし、作事方を勤めており、江戸詰でござった。ご家老より召し出され、そのほう、作事方なれば、大工がよかろう。てんで、井筒屋さんに出入りの棟梁に弟子入りしやしてね。十二、三の小僧といっしょにこきつかわれて、ありゃあ、ちょいと往生しました」

半次は職人言葉から、急に堂々とした武家言葉に言い回しを変え、再び、職人に戻って、玄信をさらに驚かせた。

「で、玄信先生の元のお役目は」

「はい、祐筆をしておりました」

「そいつはいいや。読み書きがお得意なんですね。だから先生か」

その隣は青白い顔の浪人で、目つきが鋭く殺気をみなぎらせている。

「拙者、橘左内と申します。国元の御前試合で、相手が落命いたし、居辛くなって、今はガマの油を売っております。玄信殿、どうぞよしなに」

伝法な職人言葉の半次と打って変わって、橘左内は長屋の住人ながら武家言葉そのもの。

その隣は色黒で小柄な職人風。

「鋳掛屋の二平でございます。お見知りおきを。元は国元の鉄砲組におりましたが、それがなくなり、下屋敷の武器庫の番人をしておりました」

南側の玄信の西隣がこざっぱりした美男。担ぎの小間物屋の徳次郎という。

「元は定府の小姓でございました」

「おお、さようでしたか。わたしは祐筆でしたので、御屋敷でお見掛けしております」

「それはお見それしました。ふふ、あたし、ちょいとしたお恥ずかしい間違いを起こしましてね。切腹を仰せつかるところ、ご家老のお計らいでこちらに参りました」

東隣が若い飴屋の弥太郎。

「ご家老付の忍びでございました」

その隣が艶《あで》やかな美女。女髪結のお京と名乗る。

「あたしも忍びなんですよ。どうぞよろしくね」

どこの長屋にも大家がつきものである。この長屋は井筒屋の家作であるが、大家が不在であった。長屋の木戸を出てすぐに井筒屋の出店の絵草子屋が準備されていて、屋号が亀屋。そこの主人が長屋の大家になると聞いてはいるのだが。

しばらくして、久助が長屋に知らせをもたらした。

「みなさん、長らくお待たせいたしました。大家が決まりましたので、近々、みなさんにお引き合わせいたします。大家勘兵衛が亀屋の主人となり、みなさんの差配をいたします。それで長屋の名前が勘兵衛長屋。わたくし久助が亀屋の番頭となり、今後、みなさんのお世話をいたします」

それから数日後、長屋の店子一同は亀屋の二階に招かれ、大家と顔合わせの宴が開かれた。井筒屋作左衛門の紹介で、みなの前で挨拶する勘兵衛。

「各々方、それがしが大家の勘兵衛でござる。今、井筒屋殿が仰せられたが、大家と申せば親も同然、店子と申せば子も同然、われら仮初の親子、一丸となり力を合わせて殿のため、世のため人のため、浮世の世直しに励もうぞ」

浪人の左内は別としても、みな半年足らずで長屋住まいの町人になりきっている。絵草子屋の主人を兼ねた長屋の大家がまるで勇猛な豪傑。これには一同、みな驚き、口をぽかんと開けていた。聞けば、江戸詰勘定方を先頃まで勤めており、大家を拝命して間がなく、昨日までは武士として暮らし、本日、身なりや髷《まげ》を町人に変えたばかりとのこと。それにしても、勘定方は役方であり番方ではないはずだが、なんと武張った人物であろうか。

だが、半月もしないうちに勘兵衛は言葉も立ち居振る舞いもすっかり下町の町人になっていて、しかも隠密の要として店子一同を統率し、若狭介からの指令をみなで協議し、手段を練った。九人の店子は家老に選ばれただけのことはあり、剣、怪力、変装、武器、医術、忍び、その他それぞれ異能の持ち主。

玄信が役割として発揮したのは古今東西の文献から得た知識であった。若い頃から本を読むことしか頭になく、なんでもかんでも広く浅く詰め込み、やたらぺらぺら吹聴して迷惑がられていた。それが、今回の隠密の役目にこんなにも役に立つとは。想像だにしなかったことだ。

さらに、悪人を追い詰めるための様々な狂言も考案した。悪徳祈禱師を即身仏に見立てて公衆の面前で昇天させたり、陰富《かげとみ》で庶民から金を巻き上げる高利貸しを偽の儲け話で騙したり、心身を蝕む南蛮煙草《なんばんたばこ》を広める外道どもを節分の鬼に仕立てて退治したり。勧善懲悪の戯作や浄瑠璃本による応用も効果があった。

ときには戯作者一筆斎《いっぴつさい》と名乗り、神田三島町《みしまちょう》にある瓦版屋の紅屋三郎兵衛《べにやさぶろべえ》からたびたび情報を引き出し、世直しになぞらえた瓦版の草稿を一筆斎の名で提供している。隆善上人昇天記《りゅうぜんしょうにん》、招福講始末《しょうふくこう》、南町鬼退治など筆を揮《ふる》ったが、隠密は目立ってはならぬので、一筆斎が易者の恩妙堂と同一であることは、紅屋にも世間にも知られてはいない。

そして今、新たな指令を受けたのだ。先日の飛鳥山の花見でかかわった一件。深川の豪商の内情を探索すること。

町の人々に慕われる慈悲深い材木商の大黒屋庄兵衛と、女を毒牙にかけ嫌われる極道息子の庄太郎。さらに馬喰町の宿に滞在し、この親子の身辺を探る浪人。いったい何者であろうか。その素性がわかれば、進展があるかもしれない。

「ひとつ、わたしが当たってみましょうか。吉か凶か、どんな卦が出るかはわかりませんが」

「では、先生、お願いしますよ」

勘兵衛に言われて、玄信は頭を下げる。

「はい、お任せください」

四

奥州街道《おうしゅうかいどう》に通じる浅草御門《あさくさごもん》前の広小路《ひろこうじ》、その西側の通りが馬喰町。旅人相手の旅籠《はたご》が軒を並べている。

「弥太さん、なるほど、江戸の町中にしては宿屋が多いね」

「はい、上宿《じょうやど》もありますが、ほとんどは手頃な安宿《やすやど》でして、長逗留に向いています」

宗匠頭巾の玄信は弥太郎に連れられて、馬喰町までやってきた。件《くだん》の浪人を探るためだ。弥太郎はいつもの飴売りではなく、遊び人の扮装だった。

夕暮れ前の表通りを大勢の人たちが行き来している。これから定宿に向かう旅装の旅人もいれば、荷を解いてぶらりと周辺をうろつく宿泊客、宿屋の奉公人、近所に住む職人や小商人。中には二本差しの武家も歩いている。

「この馬喰町の通りだけで、宿屋は七、八十軒もあるでしょうね」

「ほう、そんなに。それで人が多いんだね」

宗匠頭巾の茶人風と若い遊び人が並んで話しながら歩いていても、別段気にする者などいない。

「うむ、広小路の脇に大きな馬場があるね。馬喰町という名は馬飼いたちが取引をしていたから馬喰町か」

「昔はそうだったんでしょうね。在所じゃ馬や牛は人や荷を運ぶのに欠かせませんが、江戸の町ではあまり見かけなくなりました。山手《やまのて》に行くと、身分の高い騎馬のお侍はたまに見ますけど」

玄信はうなずく。

「今では町の名前にだけ馬喰町が残っているわけだね」

「井筒屋さんのある通旅籠町は町に旅籠と名がついているだけに宿屋は何軒かありますが、やはり旅人はここ馬喰町が多くて、諸国から江戸見物に来る人は、たいてい四宿《しゆく》は避け、こっちに泊まりますよ」

四宿とは品川《しながわ》、千住《せんじゆ》、板橋《いたばし》、内藤新宿《ないとうしんじゆく》、街道に通じる四つの大きな宿場町であり、旅人の行き来も頻繁だが、飯盛女目当ての浮かれた客も多く、遊里をも兼ねて宿賃も高い。

「馬喰町は江戸見物に都合よく、長逗留にはもってこいです。郡代《ぐんだい》屋敷もありますから、公事《くじ》で江戸に出てくる人もいますし」

「公事というと、訴えごとだね」

「あれは日にちがかかりましょう」

「ふーん」

「それに、この近くには問屋が多いんで、近隣諸国の商人が品物の取引に来ますが、そういう連中もここを定宿にしています」

玄信は考える。

「その浪人、江戸見物でもなく、商売でもなく、公事でもないとすれば」

「大黒屋とどんなかかわりがあるか、それはまだわかりませんが、浪人はたいてい諸国を食いつめて、江戸に来ればなんとかなると思って、流れてくるのが多いんじゃないですか」

大名が改易となれば、諸国で浪人が増える。主家《しゅか》が潰れなくても、落ち度があって放逐され浪々の身となる者もいるだろう。よほどの縁故でもなければ、仕官は難しく、親の代からの浪人もいる。江戸にはいったいどのくらい浪人がいるのか。おおざっぱに武家五十万といわれているが、浪人は形は武士でも町奉行所の管轄で、身分は町人扱いなのだ。

「この辺の宿は旅人相手ですから、長逗留となれば多少の銭はかかります」

「そりゃそうだろうね。いくらぐらいあれば泊まれるんだ」

「安い旅籠で相部屋で飯がついて、日に二百文てとこでしょうか。上宿のひとり部屋で酒がつけば宿賃も上がります。あてのない宿無しなら、ここじゃなく、下谷《したや》の木賃宿で五十文てところもあります。飯はつかず、雑魚寝《ざこね》みたいなもんで窮屈ですけど。浅草の芸人宿もそんなもんだったなあ」

「弥太さん、詳しいな」

「お役目でときどき潜り込んでましたから」

弥太郎とお京は長屋の隠密に加わる以前は、江戸家老田島半太夫配下の忍びとして、探索に従事していた。ひょっとして、他にもまだ、勘兵衛長屋とは別に知られていない密偵が存在しているかもしれない。が、余計な詮索は無用である。

「木賃宿の五十文は安いね。易者の見料と同じだ」

「その銭もなけりゃ、橋の下ですけど」

飢饉が続けば、年貢どころか食うや食わず、田畑を捨て江戸に逃げてくる百姓もいて、人足で稼げればいいが、橋の下で雨露をしのぎ、物乞いで息をつなぐ。泰平の世とはいえ、だれもがみんな満ち足りているわけではないのだ。

「ということは、深川をうろつく浪人、少しは路銀があるんだな。毎晩、居酒屋で酒も飲んでいるとは」

「たしかに、少しは銭があるんでしょうね。宿賃には飯代も含まれていますから、やっこさん、外をうろついていても、夕飯は宿で食うようです。そのあと、宿の近所の居酒屋で必ずひっかけてますよ」

「目当ての酌婦でもいるのかな」

「いえ、年寄り夫婦がやってる地味な店で、出してる肴《さかな》もたいしたことないし、安く飲むだけなら、ちょうどいいんでしょうよ。いつもひとり隅っこで、ちびちびとやってましてね。客は近所の職人や奉公人がほとんど。あんな店で旅人が飲んでるのは珍しいです」

「旅人は居酒屋で飲まないのかね」

「飲みたきゃ宿屋で飲みますよ。晩飯といっしょに。相部屋だと見ず知らずの旅人同士でも、一杯やればいろいろ世間話もはずむでしょう。それもまた、旅の楽しみなんですがね」

「それがわずらわしく、ひとりで飲みたくて、居酒屋の片隅なのか」

「居酒屋で飲んでる客は浪人に声なんかかけませんから。そこが気に入って通ってるんだったら、案外、無口なのかもしれません」

「そいつがなにゆえ大黒屋の周りを嗅ぎ回っているか」

「これから先生に占っていただくんです」

そうこうするうちに暮れ六つの鐘が鳴り、宿屋の軒灯《けんとう》が町を照らす。

「宿場町らしくなってきたな。はて、吉と出るか、凶と出るか」

「当たるも八卦、当たらぬも八卦ですかねえ」

「そこはそれ、奥の手が」

「あ、ようやく出てきましたよ」

一軒の宿屋から出てきた若い浪人は、尾羽うち枯らしてはおらず、こざっぱりした身なりで、月代《さかやき》は伸びているものの髭《ひげ》はきれいに剃られている。

「あれがそうか。思っていたのと随分違うな」

「いくら安宿とはいえ、身なりがあまりにみすぼらしいと断られますからね。そういう客は下谷の木賃宿に行くんです」

「お京さんがいい男だと言ってたが、間違っていないようだね」

身なりがこざっぱりしているだけでなく、なかなかの美男だった。

弥太郎が苦笑する。

「あの人、いい男にはすぐ目が行くからなあ」

そっと浪人の跡をつけると、表通りから脇道に入った。そこに小さな居酒屋があり、提灯が吊り下がっている。

「あの店がそうです。あそこでいつも飲んでいます」

「わかった」

「じゃ、先生、よろしくお願いしますよ」

目の前で弥太郎の姿がふっと消えた。


「いらっしゃい」

玄信が店の暖簾《のれん》をくぐると、気のなさそうな老婆《ろうば》の声。

小さな居酒屋で客は四人だった。土間に長い床几が四つ並べてあり、手前の床几には半纏の職人が三人で飲みながら大きな声でしゃべっている。

浪人はと見れば、こあがりの板の間の奥で、徳利と小皿の載った膳を前にして、ひっそり手酌で飲みながら、物思いに耽《ふけ》っているようだ。他に客はいない。

町人が土間、浪人が板の間、そういう身分の区別はなかろうに。

「そっちへあがらせてもらって、いいかな」

声をかけると、愛想のない老婆がぼそりと言った。

「どうぞ」

「酒は熱いのはできるかい」

「はい。他になにか」

「そうだな。食いもんはと、切り干し大根と、目刺しをいただこうかね」

「はい」

こあがりの板の間にあがった玄信に老婆が隅に重ねられた座布団を指さす。自分で勝手に敷いて、好きなところへ座れというわけか。

浪人から少し離れた斜め向かいに座布団を置いて腰を下ろす。間もなく、酒と食い物の載った膳が目の前にぽんと置かれる。

「どうぞ」

「ありがとうよ」

鷹揚にうなずく玄信。

浪人がちらっとこちらを見たので、軽く頭を下げると、相手も無言で会釈を返す。

徳利の熱燗を盃《さかずき》に注いで、ぐっと一口。お、こんな店でも、酒は悪くない。それにしては客が少ない。やはり老婆の愛想が悪いせいか。

さて、玄信は盃を口に持っていきながら、さりげなく浪人を観察する。歳の頃は二十五、六。袴《はかま》を着け、刀を脇に置いている。それだけでも職人たちは近づきにくいだろう。

顔立ちは整っており、面長で鼻筋は通り、眉は上がりぎみ、目と口は少し大きめ、耳は厚く、顎も力強い。なかなかいい人相と見た。美男でもある。が、せっかくの大きな目がどんよりと曇りがちで活き活きしていない。

惜しいな。

「頼む」

浪人がこあがりの先の厨房に声をかける。

「へい」

老婆がいないのか、老爺《ろうや》の声。

「なんでござんしょう」

「もう一本、熱いのをつけてくれ」

「承知いたしやした。婆さんが奥へ行っちゃったんで、少々お待ちくださいまし」

玄信は身を乗り出し、浪人に声をかける。

「ご浪人さん」

「なんでござろう」

「失礼とは存じますが、熱燗をお待ちの間、一献いかがですか」

玄信はひょいと徳利を持ち上げる。

「いや、ご親切はかたじけないが、見知らぬ方からお受けするのは、ちと」

「よろしいじゃございませんか。袖すりあうも他生の縁と申します」

にこやかに徳利を差し出す玄信。

「では遠慮するのはかえって失礼。頂戴いたします」

浪人は酒好きらしく、盃に酒を受け、飲み干す。

「こちらこそ、不躾《ぶしつけ》にお声をおかけし、失礼いたしました。さきほどからご尊顔を拝するに、大層よい人相をしておられる。上々の吉。胸に秘めたる大望、大願が成就なされる相でございますな」

訝し気に玄信を見る浪人。

「なんのことでござろうか」

「あ、これはまた不調法を。決して怪しい者ではございません。わたしは易を生業にしております恩妙堂と申します」

宗匠頭巾の茶人風。易者とわかる身なりである。

「ほう、卜占でござるか」

「つい、運のお強い人相に見入って、失礼をばいたしました」

そこにさきほど注文の酒が老婆によって運ばれてくる。浪人は徳利を持ち上げる。

「易者殿。まずはお返しに一献」

「これはありがとう存じます」

「しかしですな。せっかくお声をかけていただき、申し訳ないのですが、拙者、占いなど、いっこうに信じておりません」

　浪人はそっけない。

「ほう、信じておられませんか」

「まやかしとまでは言わぬが、そのような占いに運を左右されたくないので」

　なかなかしっかりした浪人である。

「ごもっとも。大願成就の吉相ではありますが、いつ願いが叶うかはなんともわかりませぬ。明日にも叶うか、はるか先にようやく叶うか、ご本人の運次第。ご無礼の段、お許しくだされ」

　居酒屋の入口にひとりの遊び人が飛び込むように入ってくる。

「いらっしゃい」

「おう、邪魔するぜ」

　遊び人は玄信を見て、うれしそうに声をかける。

「いやあ、先生、やっぱり恩妙堂先生でしたね。さっき、お見かけして、そうじゃないかと」

「おお、おまえさんは」

　遊び人は弥太郎である。

「この前、先生に占っていただきやした、けちな野郎でござんす。なかなかいい目が出ない。吉の相があるのにいい目が出ないのは、こうこうこうだからだ。ここをこうすれば、運が開ける。そうおっしゃっていただいて、その通りにいたしましたら、思いのほか、いい目が出ましてねえ。さすがに先生、よくお見通しでございますねえ。あ、これは些少でございますが、ここで会ったが神仏のお引き合わせ、どうぞ、お納めくださいませ」

弥太郎は紙に包んだ小判を玄信に差し出す。

「おお、こんなに頂戴するいわれはない。わたしはただ、及ばずながら見料の分だけ、道しるべをお教えしただけのこと」

「それがぴったりだったんでね。先生に相談したおかげで、運が開けたお礼でございます。じゃ、あっしはこれにて失礼いたしやす。どうもお邪魔いたしました」

弥太郎は浪人にもぺこりと頭を下げ、老婆に声をかける。

「おい、婆さん、こちらのおふたりにお酒、たっぷり差し上げてくんな。勘定はこれで」

弥太郎は老婆に銭を渡す。

「あらあ、こんなにいただいちゃ」

「いいんだよ。あの先生は命の恩人もおんなじだ。釣りはおまえさん、取っとけばいいや。じゃ、先生、どうぞ、ごゆっくり」

土間の職人たちが玄信を畏敬の目で見て囁き合っている。

「とんだ邪魔が入りましたな。ご浪人さん、失礼しました」

席を立とうとする玄信。

「あの、易者殿」

「なんでしょうかな」

「さきほどは占いなど信じないと、無礼なことを申しましたが、大願成就が叶うとはまことでございましょうか」

玄信は座り直して、浪人の顔をじっと見る。

「よい相をしておられる。だが、ひとつ曇りがあるようだ。それが晴れれば、望みに近づけましょう」

そこへ老婆が酒と料理のどっさり盛り付けられた皿を持ってくる。

「なんだい、これは」

「さっきの兄さんのおごりですので、どうぞ」

「ほう、そうかい。すまないね。ご浪人さん、せっかくだから、ごいっしょにいかがですか」

「よろしいので」

「他人の親切は受けるが果報。もしお差支えなければ、お悩みごと、お話し願えませんかな。曇りを晴らせるかもしれませんので」

「しかし」

浪人は躊躇する。

「拙者、たいして持ち合わせもございませぬ。先生のような方にお願いする見料が」

玄信は鷹揚に笑う。

「はっは、そのようなご心配、ご無用でございますぞ。この恩妙堂玄信、大道でしがない易者はしておりますが、人助けを天職と思い、いただけるところからは頂戴しますが、こちらから吉凶を見させていただきたいとお願いするときには、おあしなどはいただきません」

浪人は恐縮する。

「それではあまりに気が引けます」

「なあに、大いなる吉の相をお持ちの方から、心そそられるお話をうかがうのは、後学のためにもなり、それが見料でございます。酒もたくさんございます。さ、飲みながらいかがですか」

「ならば、ひとつ、拙者の身の上、お聞きくださいましょうか」

「ぜひともうかがいとうございます」

浪人はその場で玄信に手をついて頭を下げる。

「拙者、父の敵《かたき》を求めて、諸国をめぐり、先般、この江戸にまいりました、原田時次郎《はらだときじろう》と申す三州《さんしゅう》浪人、どうぞよしなに」

驚く玄信。

「おお、仇討《あだう》ちの旅でござりましたか。こちらこそ、よろしくお願い申します」


時次郎は膳の盃をぐっと飲み干し、語り始めた。

原田家は三河《みかわ》で数万石のさる藩に代々仕えていた。父の原田十兵衛《じゅうべえ》は国元で勘定方組頭を勤めており、時次郎は見習いであった。五年前、二十歳だった時次郎は家族を失った。悲劇は城下で起きたのだ。三歳下の妹小夜《さよ》は評判の美貌で、いくつもの縁談があり、番方の子息との縁談が決まり、本人も父も母も喜んでいた。

その縁談の少し前、藩の大目付を勤める瓜生嘉右衛門《うりゅうかえもん》から子息幸之助《こうのすけ》の嫁にと望まれていたが、十兵衛は丁重に断った。瓜生家は藩内でも名家であり大目付は家老に次ぐ重職である。だが、幸之助の評判が悪すぎた。甘やかされたせいか、わがまま放題、がさつで陰湿、重職の跡取りでありながら二十になっても縁談が決まらず、城下の町外れにある妓楼《ぎろう》に入り浸り散財していた。

そんな道楽者に大事な娘はやれぬ。父のその言葉を時次郎は忘れない。

重職からの縁談を断り、軽輩との縁組を決めるとは、慮外者《りょがいもの》めが。瓜生嘉右衛門は機嫌を損ねた。

嫁入り前の小夜はいくつか習い事をしている。ある日の夕暮れ、城下で茶の湯の稽古をした帰途、年配の女中とともに行方がわからなくなり、時次郎は父十兵衛とともに城下を探し回った。

その夜、憔悴した小夜が泣きながら帰ってきた。着物は破れ乱れている。茶の稽古の帰りにならず者に絡まれ、抵抗した女中は殺害されて川に投げ込まれた。人通りはなく、小夜は縛られて古寺に連れ込まれ、そこで凌辱されたのだ。最初に小夜を弄んだ男は瓜生幸之助と名乗った。自分の縁談を断って軽輩と縁組するのは許せないとのこと。小夜を犯した幸之助は言う。夫婦同然の間柄になったので、このまま瓜生の嫁になれ。重職瓜生家の妻女として、栄耀栄華は約束する。

そんなこと、死んでも受け入れがたい。首を横に振ると、幸之助の合図で男たちに寄ってたかって嬲りものにされた。

その汚れた体ではどこにも嫁には行けぬ。嫁は無理だが、妾《めかけ》にしてやってもよいぞ。城下に囲って、わしが毎日毎晩、飽きるまで可愛がってやる。どうだ、妾になるか。断れば殺され、女中同様に川に投げ込まれ、なにもかも闇に葬られるだろう。そう思った小夜は、妾になるのを承知する振りをして、逃げ帰り、恥を忍んで父母と時次郎に真相を話した。

翌日、十兵衛は瓜生嘉右衛門に会い、娘を妾にすることは断り、幸之助の悪行は家老に訴える。そう談判した。

その夜、父の死骸が原田家の門前に投げ込まれた。同時に大目付瓜生嘉右衛門からの書状が家老に届けられた。

勘定組頭の原田十兵衛が御用金を横領している疑いがあり、藩の御金蔵を調査したら、金額が大幅に不足している。そこで十兵衛を屋敷に呼び出し問い詰めたところ、潔く腹を切ればよいものを、歯向かったので討ち取った。本来なら大目付として公の場で詮議すべきところ、屋敷内での私闘ゆえ、理非を証《あか》すのは困難である。同じ家中の者を手にかけた非は認め、せがれの幸之助とともに藩を退き、原田十兵衛の菩提を弔うことにする。

瓜生嘉右衛門に正妻はなく、嫡子の幸之助は妾の子であった。瓜生親子には他に血を分けた家族はいない。ふたりはそのまま出奔し、瓜生家は取り潰しとなった。

城の御金蔵から消えた公金は五千両。父十兵衛は御用金の横領などしていない。人の道に外れた幸之助の悪行が追及されることを避けるため、瓜生親子は十兵衛を殺害し、偽りの届を出して、公金を奪い逃亡したのである。

あまりの出来事に絶望した小夜と母はともに自害して果てた。

真相究明と仇討ち免状を願い出たが、却下された。死人に口なし。公金横領で成敗された者の仇討ちなどまかりならぬとのこと。瓜生家とともに原田家も断絶となり、喧嘩両成敗で一件落着。

たとえ免状がなくとも、父の敵は討ちたい。妹や母の恨みも晴らしたい。国元には父の無実を信じ陰ながら援助してくれる親戚や友がいて、浪人となった時次郎は瓜生親子を求めて諸国を巡り歩き、すでに五年になる。

瓜生親子の行方はわからぬまま、国元からの援助はまだ細々と続いており、密かに連絡も取っている。つい最近、江戸で瓜生親子に似た者がいるという噂が耳に入った。父の無実を信じて応援してくれる親戚や友のためにも、なんとしても瓜生親子を探し出し、討ち果たしたい。叶わぬ大願かもしれぬが、正義は必ず全うしたい。

先日、ようやく江戸にたどりつき、人出の多い盛り場や花見で賑わう名所を歩いた。たまたま飛鳥山での乱闘に居合わせ、そのときならず者を率いていた町人がどうも瓜生幸之助に似ているようなのだ。幸之助の卑しい顔、醜い体形は国元で見ており、うっすらと記憶があった。それで跡をつけたら、深川の大黒屋のせがれ庄太郎らしい。

藩の大目付のせがれと商人のせがれ、同じとは信じがたいが、調べると女癖の悪さなど似通っている。が、父親の大黒屋庄兵衛は町の衆に慕われる立派な商人。悪逆非道の瓜生嘉右衛門と同じ人物とはとても思えない。そもそも瓜生嘉右衛門の顔はほとんど記憶になく、別人ならば討ち取ることはできない。

そこで、どうすべきか悩んでいるのだ。

「先生、拙者の大願、はたして成就いたしましょうか」

あまりの話に玄信、思わず目頭が熱くなった。

「五年もの艱難辛苦、お察し申します。よくぞ耐えてこられた。なんとしてでも、大願は成就なさねばなりますまい。微力ながら、卦を立ててしんぜましょう」

「まことでございますか」

「はい、ただし、ひとつご忠告申し上げる」

「なんでございましょう」

「その大黒屋なる者、まことに敵であれば、天があなたの味方となります。店を構えた商人ならおいそれと逃げも隠れもいたさぬでしょう。これ以上、お調べにならずともよろしかろう。いや、近づけばかえって怪しまれ、再び姿を消すやもしれませんぞ」

「それは困ります」

「きっとよい卦が出ましょうほどに、お知らせいたしますので、静かに動かず待たれるがよい」

「はあ、わかりました」

「わたしにお任せなさい。吉報を必ずお知らせいたします。今ご滞在のお宿はどちらですかな」

第三章　仏の庄兵衛

一

亀屋の二階に顔を揃えた一同、玄信の話を聞き終えて、みな考え込んでいる。

「ひとつ、よろしいでしょうかな」

左内が口火を切った。

「玄信殿のお話、感じ入り申した。武士にとって親の敵《かたき》を討つのはなによりの誉れ。その姿をくらました敵を探し出すことは至難の業《わざ》。大黒屋親子がまことの敵ならば、その原田殿が本懐を遂げること、望ましいと存ずる。できることなら拙者、助太刀を買って出たいとさえ思いまする。ところで、その原田殿の剣の腕前はいかほどでござるか。敵の瓜生と申す者、父上をあっけなく斬ったようですが、真剣勝負になったとして、原田殿に利はありましょうや」

言われて玄信ははっとする。

「あっ、そこまでは確かめておりませんな。次に会ったときにでも、うかがうようにします」

「あの、あたしからもひとつ」

二平がおずおずと言う。

「われわれの本来の役目は殿からのお指図に従い、悪を成敗し、不正を糺《ただ》すことですが。その浪人原田さんの仇討《あだう》ちとどのようなかかわりがありましょうか」

「なるほど」

勘兵衛はうなずく。

「その浪人が敵と狙うさる藩の元大目付親子、それが大黒屋親子と同じ人間かどうか。そうでなければ、そもそも敵が不明なままで、仇討ちにはなりませんね。玄信先生が浪人から聞いてきた話、嘘偽りでないにしても。また、大黒屋が浪人の敵だとして、われらがかかわるべきかどうか、それもなんとも言えません。とりあえずわれわれとしては、飛鳥山の花見でいざこざのあった大黒屋の正体をはっきりさせたいと思います。ところで、先生、浪人の国元、三河のさる藩というだけで、藩の名も主君の名も不明のままですな」

「はい、その点につきましては」

玄信が言う。

「原田時次郎と申す浪人、切実な身の上話、嘘偽りはないと思います。藩や主君の名を明言しないのは、藩籍から離れたとはいえ、かつての不祥事が明るみに出て、迷惑がかかってはと心配しているのかもしれません。が、ふと数万石の城下と洩らしましたので、三河に城のある数万石の大名、武鑑を調べてみましょう」

「そうですね。お願いしますよ。浪人の話がほんとうなら、瓜生嘉右衛門という藩の大目付、相当の曲者《くせもの》だと思います。果たして大黒屋庄兵衛と同じ人間か。なにゆえ庄兵衛が善人として町の人たちに慕われるのか。花見の場にその浪人が居合わせていたとは、不思議な縁を感じます」

一同は大きくうなずく。

「あたしは思うんですがね」

お京が言う。

「浪人原田さんの話がほんとうだとして、三河の悪い大目付と深川の親切な大黒屋庄兵衛とはあまりに違いすぎます。ただ、大目付親子が出奔したのが五年前、大黒屋が店を始めたのが四年前。時期的には合っています。大目付と庄兵衛が仮に同じ人間としても、そう易々と尻尾は出さないでしょう。でも、どちらの話もせがれが醜男、甘やかされてわがまま放題、がさつで下品で女好き、しかも女を平気でいたぶるところまで、まるでそっくり。そこをうまく攻めれば、いかがでしょうね」

玄信が言う。

「お京さん、おっしゃる通りですぞ」

「たしかに浪人原田時次郎の話した大目付のせがれの悪行《あくぎよう》は、大黒屋庄太郎と似すぎている。これが同じ人間とすれば、大黒屋庄兵衛も瓜生嘉右衛門ということがはっきりします」

勘兵衛がお京に問う。

「庄太郎は相変わらず、金にあかせて岡場所で好き放題しているのかな」

「ええ、そのようですよ。こちらの動きなんて、知らないでしょうから、だれ憚《はばか》ることなく派手に遊んでますよ。ああ、いやだ。またお女郎さんが何人も泣いて、岡場所を逃げ出し夜鷹になってるかと思うと、ぞっとします」

「大家さん、道楽息子が素人《しろうと》の娘さんにも手を出して、親父の庄兵衛が金で揉み消した話、いくつかあるようですので、そっちも少し、ほじってみましょうか」

徳次郎が言ったので、勘兵衛はうなずく。

「徳さん、深川の商家の噂、あたってみておくれ」

「はい」

「あと、気になるのは大黒屋庄兵衛の素性だね。深川で材木屋を始めてまだ四年。火事で焼け野原になった町をわずかの間に復興させるには、大きな金が動くし、人手も相当に要る。おそらく江戸中の大工が集まっただろう。開業して一年やそこらの新規の大黒屋では木場の材木をおいそれとは自由にできない。いったいどういう経緯なのか」

「へっへっへ」

半次が笑う。

「そこはあっしの出番ですね。大工仲間からそれとなく話を引き出しますよ。伊勢崎町の焼け野原に百軒長屋をあっという間に建てるには、江戸中の大工が駆り出されたかもしれませんね」

「じゃ、そこのところは、半さんにお願いするよ」

「心得ました」

「それからもうひとつ。大黒屋にこちらの動きを悟られないことが肝心だが、その原田という浪人、周辺を嗅ぎ回っているとなれば、御用聞きの仁吉が目をつけたりすると面倒だ」

「はい」

玄信が言う。

「わたしから、吉報を知らせるまでは動かぬようにとは申しましたが、焦っている様子でしたので、下手《へた》な動きをせぬとも限りませんな」

「じゃ、あたしがそれとなく目を配ります」

弥太郎に言われて、勘兵衛はうなずく。

「頼むよ、弥太さん。みんなもこの一件、なるべく早く片をつけようじゃないか」

「へーい」

通旅籠町の地本問屋井筒屋を訪ねた勘兵衛を作左衛門は福々しい笑みを浮かべながら奥座敷に迎え入れた。

「勘兵衛さん、ふふふ、なにか面白いことが判明しましたね」

「面白いかどうかはわかりませんが、大黒屋の周辺を探っていますと、わたしらとは別に嗅ぎ回っている浪人がおりまして」

「浪人が大黒屋をですか」

「はい」

「それはどのような」

勘兵衛は、玄信が浪人から聞き出した仇討ち話を伝える。

「なんと、妹を犯され、父を殺された浪人が、敵を討つために江戸に。今どき殊勝な話ですね。で、大黒屋がその人殺しの大目付であると」

「まだなんとも言えませんが、大黒屋の庄太郎が大目付のせがれ瓜生幸之助であるとわかれば、間違いなく大黒屋庄兵衛は瓜生嘉右衛門と判明します。今、それの算段をしておりまして」

「なるほど、浪人の話が事実として、腹黒い人殺しの大目付と大黒屋庄兵衛が同じ人間ならば、今までの善行《ぜんこう》も素直には受け取れませんな」

「はい、いずれにせよ、極道息子の非道を知りながら、叱りもせず、好き放題をさせているのは立派な親とは申せません」

苦笑する作左衛門。

「この親にして、この子あり。そうそう、先日うかがった大黒屋庄太郎の悪行のひとつ。岡場所で女をいたぶり、それを絵師に描かせているとの話でしたな」

「はい、お京が岡場所で芸者や女郎から聞き出しております」

「絵師の名は板川秀月でしょう」

「そうですが」

「さほど売れてはいませんが、版元の間では知られています」

「えっ」

「勘兵衛さんには絵草子屋をお任せしておりますが」

「いやあ、あまり商売にならず、申し訳ないことで」

昨年の秋に開業した亀屋は隠密の隠れ蓑のような商売で、本も浮世絵もあまり売れていない。

「いえいえ、そんなことはどうでもいいのです。秀月の美人画、亀屋にも少しは出ておりますよ」

「へえ、そうでしたか。ますます申し訳ない。商売に身を入れていないもので、美人画は何点もあり、どれも似たような絵でして、気がつきませんでした」

勘兵衛は恐縮する。

「お気になさらず。絵師としてぱっとしませんが、ただ、版元や好事家の間では少しは知られています」

作左衛門は脇にあった手文庫の蓋を開け、一枚の浮世絵を取り出して勘兵衛に見せる。

「どうぞ、ごらんなさい」

勘兵衛は手渡された絵をじっと見る。

「ほう、これが板川秀月の絵ですね」

夕涼みしている美人画で、秀月画の名がある。

「うっとりととろけたような女の顔が売り物でして」

「気がつかなかったなあ。うちでも売っていたなんて」

「まあ、ごくありふれた美人画ですからね。秀月は他に枕絵を出しており、こっちのほうが美人画よりも売れていますよ」

作左衛門は手文庫から一枚の枕絵を取り出し、勘兵衛に渡す。

「これがそうです」

「おお、これはまた、なんと」

驚く勘兵衛。一見、相撲絵のようだが、土俵の上で大きな関取が美女を羽交い絞めにしている図である。関取はまわしを締めているが、女のまわしは男の手で外されており、あられもない格好で身悶えている。それを土俵の周りの見物が喜んで見ている構図である。

「井筒屋さん、これが」

「秀月の美人画はさほど売れませんが、こっちのほうは人気がありますよ。昨年に出た春秋色相撲という相撲の四十八手を男女の営みになぞらえた揃いもので、四十八手のひとつ、後懸《うしろがかり》です。そっちの美人画とくらべてみれば、女の顔がよく似ているでしょう」

「はあ、ほんとですね」

「枕絵の摺物は闇で出回っておりまして、表だっては売れません。うかつに手を出すと、絵師も版元もお叱りを受け、重ければ手鎖《てぐさり》、絵も版木も没収、下手すれば彫師や摺師にまで累《るい》が及びかねない。いい金にはなりますが、危ないので危な絵とも申します。美人画のほうは秀月画ですが、春秋色相撲の画号は秀月ではなく

不行十時画《が》になっている。

「なんと読むんですか」

「ふゆきとどき、行き届かないという洒落《しやれ》ですね。実は秀月は深川の冬木町《ふゆきちよう》に住んでおりまして、あのあたりは寺の裏手にあたるので、自ら寺裏《じり》の師匠と名乗っております。ジリ貧の洒落でもなさそうですが」

「寺裏の師匠。ほう」

「で、住んでいる冬木町にひっかけて、不行十時。なかなか洒落っ気はあるようですな。男女の営みを相撲の四十八手に引っ掛けたのも面白い」

「春秋色相撲。こんなものが売れるんですね」

「売れますよ。浮世絵はたいてい十六文とか、そんなもんですが、この色相撲、闇なので値はついていません。これがほしければ、一枚に一朱でも一分でも出しましょう。一分とすれば四枚で一両、四十八手を揃えようとすれば」

「十二両」

「勘兵衛さん、算用がお速いですな。さすが、元勘定方」

「いえいえ、枕絵は絵師も版元も儲かるわけですね」

思わず見入ってしまう勘兵衛であった。

「あ、井筒屋さん、お京が言っておりましたが、大黒屋の庄太郎は博徒の仁吉ら取り巻きといっしょに岡場所で遊びますが、いやがる女を寄ってたかっていじめるのが好きで、関取くずれの安五郎が大きな体で女を痛めつけるのをみんなで囃《はや》して喜ぶとのこと。この絵の関取が安五郎、羽交い締めにされているのが岡場所の女郎、その場で秀月が描いているんでしょう」

「なるほど、そう言われれば、その通りです。商売柄、その手のものは、ときどき回ってくるのですよ。でも、わたしはお断りです。戯作本や浮世絵を売る商売で、お客様に喜んでいただくのがなによりうれしいと思っておりますし、喜んでくださる人の数が多ければ多いほど、その分儲かります。ですが、博徒や関取くずれが女を苦しめて喜ぶ絵なんぞ、うれしがる客がどれほど多かろうと、そんなものは売りたくありません」

勘兵衛も作左衛門に同意する。

「そうですとも。大黒屋庄太郎という極道息子、許せません。こんな絵を描いて儲ける絵師の秀月も外道の極みです。左内さんじゃないが、殿のお指図がなくても、関取くずれの安五郎や博徒の仁吉もろとも、みんな成敗してやりたくなりました」

「勘兵衛さん、わたしもそう思いますが、まず、大黒屋親子の正体を暴くことが肝心です。そして、裏に不正や悪事のかけらでもあれば、あぶり出していただきたい」

二

井筒屋から田所町に帰った勘兵衛は店を久助に任せたまま、二階に上がり、作左衛門から手掛かりに使うようにと渡された二枚の絵をぼんやり眺めていた。たしかに凡庸な美人画よりも色相撲のほうが売れるだろう。こんな絵を見て喜ぶ者の気がしれない。と思いながらも、つい見入ってしまう。

「旦那様」

下から久助の声。

「なんだい」

「徳次郎さんがいらっしゃいました」

「ああ、上がってもらいなさい」

「へーい」

とんとんと階段を上がる徳次郎。勘兵衛は文机の上の二枚の絵を裏返す。

「大家さん、こんにちは」

「こんにちは。なにかわかったかい」

「はい、深川での大黒屋庄太郎の悪行、質《たち》が悪くて洒落になりませんね」

「そんなにひどいのかい」

「お京さんが集めてきた玄人《くろうと》筋の話も無法の限りですが、商家でも悪い噂が絶えませんよ」

徳次郎は小間物を担いで商家を回り、世間話をして、話題を集めるのが得意なのだ。

「大黒屋の奉公人は主人親子のことを悪く言ったりはしませんが、他の店ではたいてい庄太郎は忌み嫌われておりますよ」

「そうだろうね」

「大黒屋庄兵衛はさすがにだれにも悪口は言われませんが、庄太郎のことになると、みんな面白おかしくしゃべってくれます」

「岡場所だけでなく、町でも嫌われ者なんだね」

徳次郎は肩をすくめる。

「大店《おおだな》の若旦那、店は立派で金もあります。なのに二十五、六で嫁が貰えない。それで岡場所に入り浸っていますが、近頃じゃ、素人にもちょっかいを出して、揉め事がけっこうあるようなんです。こういう噂は尾鰭《おひれ》がついて膨れあがりますから、どこまで信じていいかはわかりませんがね」

「まあ、火のないところに煙は立たないだろうから、極道息子、いろいろとやってるんだろうね」

「岡場所の女にしろ、辰巳芸者にしろ、少々手荒なことをしても玄人ですから、金でなんとでもなります。きれいな鼻を潰されて夜鷹に身を落とした芸者の話は哀れですが、まあ、泣き寝入りですね。あの若旦那、女癖が悪いうえに、初心《うぶ》で上品で清楚で乙に澄ました素人が好きというんですから、始末が悪いですよ。そんな女が金で買えるわけもなく、おいそれと、あの下衆《げす》なずんぐりになびくわけもないのに」

「庄太郎ってのはずんぐりなのかい」

「若いのに酒ばっかり喰らってやがるから、顔色は悪く、体はぶよぶよに膨らんでますね。まともな女なら、側《そば》に近寄るのもいやでしょうよ」

「でも、素人と揉め事があったというのは、いやがる相手をものにしたわけだな」

「そこです」

　徳次郎は大きくうなずく。

「そのやり口がなんとも汚らしくてね」

「ははあ、仁吉の手下のごろつきどもが、無理やりかどわかして、古寺に連れ込んで手込めにするのか」

「いえ、それはありません。いくらなんでも、この江戸でそんな無法な真似をすれば、手が後ろへ回って、金じゃすまず、一段高いところへ首を晒しますよ」

「うん、そうなりゃ、願ったりだ」

「庄太郎は利口じゃありませんが、周りに悪賢いのがくっついておりましょう」

「あいつも汚いが、上品な素人女を取り持つのには向いていません。そこで出てくるのが」

「あ、待った。その悪賢い取り巻き、腰巾着の絵師、板川秀月だろう」

目を丸くする徳次郎。

「よくわかりましたね。大家さん、その通りです」

「ここは仮にも絵草子屋だよ。秀月の美人画も扱っているし、少しは知ってる」

「へええ」

「と言いたいが、実はさっき井筒屋の旦那から仕入れたネタさ」

「なあんだ。そうでしたか」

「深川冬木町に住んでいて、寺裏《じり》の師匠と呼ばれているとか」

「その通りです。寺裏の師匠でジリ貧」

「つまり庄太郎の素人相手の女たらしに絵師の秀月が一役買ってるわけだな」

「秀月は歳は三十過ぎぐらい、すらっと背が高く、色白ですっきりした顔立ち、ちょいとしたいい男」

「仁吉か」

「ほう、徳さん、おまえさんといっしょだね」

「へへ、よしてくださいな。こいつが近頃、羽振りがよくなった」

勘兵衛は文机にあった色相撲の絵を見せる。

「わっ、なんです」

「秀月の枕絵だよ。これが売れて、金が入るんだ。相撲の四十八手を色事に置き換えた続きものだ」

「目の毒ですね」

と言いながら、じっと眺める徳次郎。

「それは一枚だけだが、全部で四十八枚の揃いものだそうだ」

「へええ、そもそも、庄太郎が秀月に近づいたのが、肉筆の枕絵がきっかけだそうです」

「そうなのかい」

「深川で遊んだ秀月が、茶屋の主人に売り込んで揚げ代の足しにでもしたんでしょうね。岡場所にたまたま飾ってあった枕絵。それが庄太郎の目に止まり、ふたりは知り合ったそうです。庄太郎が仁吉や手下たちといっしょに遊ぶのに同行し、絵も描いて重宝される」

「この相撲絵は去年から出回っているらしい。この関取が安五郎で、女は女郎だろうな」

「そうに違いありません。秀月の野郎、庄太郎に茶屋遊びを奢ってもらって、ちゃっかりその絵も摺り物にして売り出してやがるんだなあ」

「その秀月が庄太郎の素人との揉めごとに一役買っているというのは、どういう役目なんだい」

「それそれ、そこです。庄太郎は素人娘には決してもてません。秀月は見た目もいい男だし、今、美人画で売り出し中の絵師」

「枕絵の他はそんなに売れてはいないけど、こういうのも出してるからな」

勘兵衛は文机にあったもう一枚の美人画を見せる。

「これですよう。秀月は庄太郎の女の好みをよく知っています。初心で上品で清楚できれいな若い娘を見かけると、それとなく声をかけて、絵師の板川秀月だと名乗り、自分の描いた美人画を見せるんです。あなたを描かせてくれませんかってね」

「見ず知らずの男に言われて、初心で上品で清楚な若い娘がはいそうですかと承知するわけないいんじゃないかね」

「もちろん、たいていは相手にしませんよ。やり方がありましてね」

「ほう」

「永代寺《えいたいじ》門前の茶店の床几《しょうぎ》に腰を下ろして、茶を飲みながら、通りかかる娘たちを物色するんです。それで、庄太郎好みの娘が茶店に休むのを待っております。どんな女でもいいというわけにはいきません。上品で美人でその上、育ちのよさそうな娘。そこそこにいい着物を着て、お供に女中を連れている。そんな娘が茶店に座ると、秀月ははっと驚いたような顔をして、気後れしながら話しかけます」

「なんだい。その驚いたような顔というのは」

「自分は絵師の秀月と名乗り、いい絵が描けるように永代寺に願かけをしたところ、あなたのような別嬪に出会い、驚いている。つきましてはわたしの話を聞いていただけますか。そう言われても、たいていの女は気味悪がって逃げ出します」

「そりゃそうだ」

「でも、中にはどんな話か聞いてみようという娘もいる。そこで秀月は願かけした秘密、お人払いをと言って、女中に席をはずさせようとします。ここで女中が秀月を睨みつけて、お嬢さんと去っていくのがほとんど」

「うん」

「ところが、百人にひとりぐらい、女中を遠ざける娘がいて、秀月の話に耳を傾けます」

「いけないねえ」

勘兵衛は顔をしかめる。

「秀月が言うには、新作の美人画の摺りものをさる版元に頼まれて、さきほど願かけをしたところ、あなたのような美人に出会った。これも神仏の引き合わせ、ぜひとも描かせてもらいたい。版元から、摺りあがるまでは決して世間に知られてはいけないと言われているので、だれにも言わず会ってもらえないか」

「それで娘は承知するのか」

「秀月はけっこういい男ですから、下手な鉄砲といっしょでその気になる良家のお嬢さんがいるんですよ」

「へえ」

「で、日取りを決めて、出合茶屋で姿絵を描く約束。娘は親にも内緒、女中も連れずにひとりでどきどきしながらやってきます。自分が錦絵の美人画になるなんて誇らしくて、うれしい。それに秀月はいい男だから、これが名のある絵師との色恋の始まりになるかもしれない」

「徳さん、聞いていて、わたしは秀月とおまえさんが重なるようだ」

「よしてくださいよ」

　徳次郎は苦笑する。

「約束の出合茶屋で座敷に案内されると、秀月が絵の道具を用意して、すでに待ち構えています。娘は精一杯めかし込んでいますが、図柄に合わせるため別の着物に着替えるように秀月が指図します。次の間で着替えている最中に、隠れていた庄太郎がぬっと現れて、娘に言い寄ります。大黒屋の嫁にしてやるぞ。驚いた娘は拒んで秀月に助けを求めますが叶わず、毒牙にかけられ蹂躙《じゅうりん》されます。その様子を秀月は微《び》に入り細《さい》を穿《うが》つように何枚も描きあげます」

「つまり、美人画を餌にして、秀月が庄太郎に女を取り持つわけだね」

「泣いて逃げ帰った娘から話を聞いて、親は庄兵衛に掛け合います」

「質の悪い御用聞きの仁吉も向こうについているから、そうは簡単に番屋に持ち込めないしね」

「そうなんです。娘の親はたいてい、ちゃんとした商人です。さらに絵師に絵を描かせるためにいそいそと出合茶屋に出かけた娘にも多少の非はある。それで直談判です。そこで庄兵衛はどう出るか」

「どう出るんだね。知らぬ存ぜぬで追い返すのかい」

「ところがそうじゃありません。せがれの罪を認め、深々と頭を下げるんです。せがれはお宅の娘御に執心なので、どうか大黒屋の嫁になってほしい。せがれと娘御が仲良くしている絵もあるからと、秀月の描いた数枚の乱れた絵を見せる。娘の親は愕然とします。そこで一旦引き下がり、娘に問います。どうせ瑕《きず》ものになったんだ。大黒屋の嫁になる気はないかと」

「ほう、娘の家もそこそこの商家。縁談になるんだな」

「なりませんよ。あんな下品で卑しくてがさつな男の嫁になるぐらいなら舌を噛んで死ぬと娘は言います」

「だろうね」

「親はもう一度大黒屋に掛け合います。縁談はお断りしますと。そこで庄兵衛は金を渡します。うちの嫁にならずとも、これを娘御の嫁入り支度に使ってほしい。包みを開けると小判一枚にあられもない娘の危な絵も添えられています」

「え、たった一両なのかい」

「お宅の娘御もその絵のように楽しんだのだから、表沙汰はまずいだろう。一両で手を打つがよかろう。深川一帯で人々に慕われる慈悲深い大黒屋に逆らうと、逆に悪人にされてしまう。娘の親は引き下がり、娘は泣き寝入り。これで一件落着。庄太郎にも絵師の秀月にもなんのお咎めもなく、味をしめて同じようなことを何度も繰り返している。人の口に戸は立てられず、女中が洩らすのか、深川界隈の商家の台所、あちらこちらで噂になっておりますよ」

溜息をつく勘兵衛。

「今の話、ほんとうならば、無理やり犯した娘に嫁になれと言った瓜生幸之助の仕打ちとそっくりおんなじだね」

「武士を捨て、名前を変えても本性は変わらないってことですかねえ」

「ふふふ」

勘兵衛は笑う。

「なにか、おかしいですか」

「徳さん、武士を捨て、名前を変えても中身は変わるもんじゃないよ。わたしだって、おまえさんだって」

「あ、違いありません」

昼飯を済ませて帳場にじっと座ってうとうとしていると、久助が声をかけた。

「旦那様、そろそろ、番屋にいらっしゃるのでは」

「あ、そうだった。つい、ぼんやりしてたよ」

絵草子屋の主人で長屋の大家、もうひとつ田所町の町役《ちょうやく》に選ばれており、交代で自身番に詰めることになっている。今日がその当番の日なのだ。一日詰めているわけではなく、午後にちょっと顔を出せばいいだけなのだが。

「それから、久助。今夜は長屋のみんなに集まってもらうんで、久々に一杯やろうと思う。花見からこっち、飲んでないからね。晦日までしばらく間があるし、酒を用意しといておくれ。ときには飲んだほうが知恵が浮かぶこともあるから」

「承知しました。あたしは下戸《げこ》ですから、飲んでも飲まなくても、たいして頭は回りませんが」

そうは言いながら、久助はよく気が回る。亀屋の商売も家事いっさいも長屋の世話もほとんど久助で持っているようなものだ。

「肴《さかな》はどうしましょう」

「晩飯はそれぞれ済ませてから来るように言っといた。沢庵《たくあん》でもあればいいか」

「はい、用意しておきます」

「じゃ、ちょっと行ってくるよ」

人形町通りの四辻にある田所町の自身番は亀屋からそう遠くない。いつものように定番《じょうばん》の甚助《じんすけ》が白髪頭を下げる。

「亀屋の旦那、ご苦労様です」

「はい、こんにちは。おまえさんも毎日ご苦労だね」

「ありがとう存じます」

「変わったことはないかい」

「相変わらずでございます」

「それはよかった」

町内でなにか厄介事が起これば、当番の町役が呼ばれて、町名主《まちなぬし》や町奉行所に知らせなければならない。なにもないほど安心なことはないのだ。

「三月もそろそろ終わりだね」

「もうすぐ夏でございますなあ」

「今年の夏は暑くなるんだろうか」

「どうですかねえ。あたしの歳になると、暑さも寒さも堪《こた》えます。いっそ一年中、春と秋だけならようございますのに」

そろそろ古稀《こき》に近い甚助が首筋を撫でる。

「でも、それじゃ困る人も出てくるんじゃないか」

「困りますかね」

「夏が来ないと花火ができないし、冬が来ないと雪見ができないだろう」

「たしかに、世の中には夏も冬もなくちゃならないんですねえ」

帳場に座って甚助のいれてくれた茶を飲む。亀屋の帳場と同じく、ここもけっこう閑なのだ。

戸口で「番、番」と大声。

「あ、旦那のお見廻りのようですよ」

甚助が外に向かって返事をする。

「へーい」

町奉行所定町廻同心による各自身番の巡回であり、御用箱を背負った小者の太吉《たきち》がものものしい声をあげる。

「番人、旦那のお見廻りであるぞ」

「ははあ」

太吉の後ろに黒い長羽織の南町奉行所同心井上平蔵《いのうえへいぞう》が立っており、勘兵衛は甚助とともに入口に手をつき、恭《うやうや》しく頭を下げる。

「井上様、お役目、ありがたく存じます」

「うむ、亀屋、変わりはないか」

「ございません」

「そうか。それはよかった」

「旦那、いかがでございましょう。熱い茶など」

「うん、では一服するとしよう」

上がり框《かまち》の座布団に腰掛ける平蔵。甚助が煙草盆《たばこぼん》を差し出し、茶を用意する。平蔵はおもむろに煙管《きせる》を取り出して、煙草を詰め、火をつける。

「ふうっ」

側に正座して控える勘兵衛に平蔵は話しかける。

「ときに亀屋、ちょいと尋ねるが、おまえの店で吉原の絵草子を扱ってるって、言ってたよな」

「はい、扱っておりますが」

「絵草子ってことは、いろいろと絵も入っているわけだろ」

「はあ」

「その絵の中に、淫らな絵もあるんじゃないか」

「とおっしゃいますと」

「花魁《おいらん》と客が絡み合っているような枕絵だよ」

「滅相もない」

首を振る勘兵衛。

「そのようないかがわしいものは、わたくしどもでは扱ってはおりません」

「それならいいんだがな。これから、ちょいと厳しくなるかもしれんぞ。取り締まりが」

「ほんとでございますか」

難しい顔でうなずく平蔵。

「昨年、北のお奉行がおふたり続けて亡くなられたことは知っているな」

「存じております」

「今年になって、後が全然決まらなくて、北も南も大変だったんだ。ここだけの話だが」

「はあ」

「で、ようやくお奉行が決まって、北の連中はほっとしたいところだろうが、今月は北が月番で、やけに張り切ってるのさ」

「北のお奉行様がですか」

「いや」

平蔵は大きく首を振る。

「新しいお奉行はまだそこまでいかない。先月、芳町の色子茶屋を手入れして、南が手柄を立てたもんだから、ふふ、今月は北の与力や同心がいろいろと動いているようだ。どうやら、闇の枕絵の取り締まりを厳しくするらしいぜ」

「うちは吉原の手引書ぐらいなもので」

「浮世絵はあるだろう」

「美人画はありますが、枕絵などはございません」

「変なのを売り込みに来る売り手はどうだ」

「亀屋は通旅籠町の井筒屋の出店ですので、仕入れはすべて井筒屋を通しております」

平蔵はうなずく。

「なら安心だが、おまえのところのような町の絵草子屋に裏から手を回す売り手が多くてな。客もこっそり買いに来るんだ」

「はあ、その場合、お客もお咎めになるんでしょうか」

「売るほうも買うほうも、表沙汰になったら呼び出されるかもしれない。が、滅多にお咎めにはならない。よっぽど悪どく儲ければ、売ったほうはお叱りは受けるだろうがな。うちのお奉行大和守様はさばけたお方だから、余罪でもない限り危な絵ぐらいじゃお縄にしないよ。だけど、今度北のお奉行になられた伊予守様はどんなお裁きをなさるか、まだなんともわからない。だから、変なもん扱わないように気をつけることだ」

「それはご親切にありがとう存じます」

「まあ、絵草子にも浮世絵にもいろいろあるのさ。じゃあ、甚助、邪魔したな」

「へーい」

三

その夜は亀屋の二階に長屋の一同が集まって、沢庵を肴に飲みながら今後の方針を話し合った。まずは勘兵衛から板川秀月の美人画と枕絵がみなに回される。

「わあ、なんです、これ。こんなの初めて見ましたよ」

美人画と春秋色相撲の後懸《うしろがかり》を手にして見比べ、半次が目を丸くして、お梅に回す。

「まあ、女の人の御開帳、丁寧にほんとうらしく描かれています」

お梅は感心したように見入って、横の熊吉に回す。

「うーん」

　無言で唸りながらじっと見続ける熊吉。

「熊さん、隣に回しておくれ」

「へい」

　お京に回す熊吉。

「いやだわ」

　お京は顔をしかめて、隣に回し、次々と順番にみなが見終わり、二枚の絵は勘兵衛の元に戻る。

「じゃ、徳さん、おまえさんが聴き込んだ大黒屋庄太郎が素人娘を手込めにするくだり、語ってもらおうかね」

「はい」

　絵師の板川秀月が永代寺門前の茶屋で育ちのよさそうな娘を見つけ、美人画を餌に出合茶屋に誘い出し、庄太郎が待ち構えていて、嫁になれと迫り娘を犯し、大黒屋庄兵衛がこれをいかに揉み消しているか、徳次郎が淡々と語る。

「というのが、大黒屋の道楽息子が素人娘を毒牙にかける手口です。結局のところ、あられもない枕絵に描かれて娘はたった一両で泣き寝入り」

「へええ」

半次が感心する。

「秀月って絵師、よほどいい男なんだな。女が誘いに乗って、ひょいひょいと出合茶屋まで出向くなんて、まるで徳さん、おまえみたいだね」

「馬鹿言っちゃいけないよ。あたしはいくら自分がもてるからって、女を献上するような真似はするもんか」

「冗談だよ、すまない。悪かった。この通りだ」

頭を下げる半次。

「冗談もたいがいにしろよな」

ふくれて横を向く徳次郎。

「うーん」

玄信が唸る。

「先生、大丈夫ですか。沢庵が喉に詰まったんじゃ」

お梅が心配そうに声をかける。

「いやいや、ご心配なく。徳さんの話に感じ入っただけ。犯した娘に向かって嫁にしてやるなどとは、まさしく瓜生幸之助の手口と同じですな」

「はい、おそらく」

うなずく徳次郎。

「とすれば、大黒屋庄兵衛こそが、人殺しの大目付瓜生嘉右衛門ということになり、浪人原田時次郎の敵となりましょう」

「玄信先生、まず、間違いないでしょうな」

勘兵衛が同意しながらも、首を傾げる。

「しかし、大黒屋はいったいどうして、町の人たちに慕われているのか。悪行を悔い改めて、善行を施しているんでしょうか」

「へへ、大家さん。大黒屋庄兵衛は根っからの善人とは言い切れませんぜ。深川でも名の通った大店の主人が、せがれの悪行を叱りもせず、揉み消すのにたった一両とは、あまりに吝嗇《りんしょく》がすぎますすよ」

そう言ったのは半次である。

「半さん、おまえさん、なにか耳に入れたことでも」

「へい」

半次は盃の酒をうまそうにぐっと飲み込む。

「三年前の伊勢崎町の火事のあと、焼け野原に百人長屋を普請するときの話です。あれは大工仲間の間じゃ、あまり評判がよくなくてね」

「ふーん。私財をなげうって焼け出された人たちを救った話に、なにか悪い噂でもあるのかい」

うなずく半次。

「けちけちしてたそうです。人助けの仕事だからと、大工の手間賃が無茶苦茶に値切られ、大工以外の職人にも金払いが悪くて、しかも焼け出された人たちを大勢集めて、一文も払わず下働きをさせたんです」

「え、家も仕事も失った人たちに仕事を与えて、家も与えた慈悲深い仏の庄兵衛じゃないのかい」

「ただで働かせたのはほんとです。飯だけは食わせたそうですが、ひどいもんで、見かねた大工が弁当を分けてやったとか。焼け出されて寝るところもない人たち、河原で野宿させられたそうですよ。長屋が出来上がったらみんな屋根のあるところでただで住まわせてやるから、それまでの辛抱だと言われてね」

「ただで住ませたのは確かなんだろう」

「はい、ただし最初の一年だけで、あとは他の長屋と同じ店賃を取ってます。店賃をためると厳しく取り立てる。その手先が黒江町の親分ですよ」

「世間の評判と話が随分違ってくるようだね」

「ええ、大工の間じゃ、だれも仏の庄兵衛なんて言いません。庄兵衛は商売《しょうべえ》がうめえなあ、なんてね」

ぷっと吹きだす徳次郎。

「しょうべえがうめえ、いい洒落だぜ、半ちゃん」

「悪い噂はもっとあるよ」

「まだあるのかい」

「あっしは大工仲間の話を聞いて、むかむかして、他にもないかと尋ねましたら、次々と出るんですよ。焼け野原を買い取った話もそうです」

「荒れ放題でだれも手をつけない焼け野原をなんとかしようと、自腹を切ったというじゃないか」

「そんなのはきれいごと。相場よりもかなり安く買い叩いたというんです。元の地主が伊勢崎町の表通りの大店の材木商三河屋《みかわや》だったんですが、火事で店が焼けて主人も家族も奉公人もみんな死んじまって、町奉行所に願い出た大黒屋に下げ渡されたそうで、三河屋の持ち分の材木は木場で無事だったんですが、それも大黒屋が伊勢崎町の沽券《こけん》といっしょに自分のものにしたそうで」

「つまり、土地も材木も安く手に入れて、大工や職人を安く使って、下働きには手間賃を払わず、出来上がった長屋は一年だけ店賃がただだが、あとは厳しく取り立てると、そういうわけかい」

溜息をつく半次。

「ふう。話を聞くだけでいやになりますよ。今じゃ木場にも自分の持ち分の材木がたくさんあって、同業の材木商たちとは仲良く付き合ってますので、大工仲間も表立っては悪く言いませんが、酒が入ったら、けっこうみんな口が軽くなるから、いろいろと悪い噂が出るんです」

「だが、そんなにたやすく土地が払い下げられたのか」

「町奉行に袖の下を相当に贈ったそうで」

「町方の役人が不正に加担するのは、まあ、よくある話だがね」

「その時の北町奉行が、例の柳田河内守なんですよ」

「ええっ」

一同から驚きの声があがる。

「なんだって、あの河内守かい」

柳田河内守といえば、悪徳商人との癒着が発覚し、追及されるのを恐れて昨年の冬に自刃した北町奉行である。

「じゃあ、大黒屋庄兵衛は河内守に賂《まいない》を贈って、伊勢崎町の沽券と死んだ三河屋の木材を手に入れたんだな」

「そうなりますね」

「半ちゃん、すごいわ」

お京が目を丸くする。

「いつもはなにかに化けるだけと思ってたら、探り出すのも上手なのね」

褒められて有頂天の半次。

「はは、いやあ、お京さんにそんな風に言われるなんて、うれしいなあ。うれしいついでに、もうひとつ。庄兵衛は五年前にせがれとふたりで江戸に出てきて、そのときに世話になったのが、伊勢崎町の三河屋だったそうです。これはうちの棟梁に聞きました。棟梁は三河屋とは知り合いで、その頃のいきさつを知ってましして」

「なに、半さん、そんな話も聞き出したのかい」

「三河屋と庄兵衛は旧知の仲だったそうでございますよ。で、思い当たるのは三河屋という屋号、これ三河の出じゃないか。その三河屋と昔馴染みなら、庄兵衛も同郷。瓜生嘉右衛門は三河のさる藩の大目付。国元には山林があって、材木商なら買い付けに行き来したかもしれない。江戸の商人と国元の役人、馴れ合いの知り合いだった。どうです」

「ありえない話じゃないな」

「庄兵衛は三河屋に世話になって、今川町に店を持ちます。材木商の株仲間にも三河屋の口利きですんなり入れてもらい、付き合いもいい。それが四年前のこと。瓜生嘉右衛門は五年前に国元で勘定組頭の原田十兵衛を殺害し、御用金横領の罪を被《かぶ》せて、おそらく自分で五千両を盗み出した。それを元手に大黒屋を開いた」

「おお、辻つまが合うね」

「その翌年の火事で大黒屋は慈悲深い善人として名をあげ、財産も増やし大店として同業者にも受けがよく、今に至ります。実はけっこう金に細かいところがあるのも事実ですよ」

「なんだか、その火事そのものが怪しいですな」

そう言ったのは玄信である。

「瓜生嘉右衛門は極悪非道で悪賢い。そんな男が江戸で大黒屋になった。それを知っているのは材木商の三河屋だけ。三河屋がいなくなれば、悪事の秘密は闇に葬られます。しかも火事のおかげで、土地や材木も自分のものにした。となれば」

「付け火ですか」

「動かぬ証《あか》しなどありませんが、悪人ならば、ただの付け火ではない。三河屋の一家皆殺しの上で火を付ける。それぐらいの悪事は考えつくかもしれません」

「うーん」

　勘兵衛は考え込む。

「もしそうだとしたら、町内一帯で大勢の人が焼け死んで、生き残っても家や家族をなくしてるんです。とんでもない悪党ですね。ここはひとつ、大黒屋親子の正体をはっきりさせて、世直しに持っていくべきでしょう」

「実は、わたしもわかったことがありましてな」

　玄信が言う。

「先生、なんでしょうか」

「原田時次郎は三河のさる藩の浪人とのことですが、それがどこかを調べてみました」

「ほう」

「武鑑によりますと、三河には譜代の藩がいくつもあり、旗本の領地もあります。原田は明言はしておりませんが、石高が数万石の城下とだけは洩らしましたので、ざっと調べましたら、一万、二万の小藩もありますが、数万石は吉田《よしだ》藩が七万石、川津《かわづ》藩が六万石、岡崎《おかざき》藩が五万石、それ以上の大きな藩はないので、この三藩のうちのどれかだと目星をつけました」

「ご城主は」

「吉田藩が松平伊豆守《いずのかみ》、川津藩が上泉周防守《かみいずみすおうのかみ》、岡崎藩が本多中務大輔《ほんだなかつかさのたいふ》、国元で勘定方組頭が御用金を横領して、それを成敗した大目付が出奔したなんて話は、どこも表には出しませんし、調べようはありませんが、そこは易者恩妙堂として、原田時次郎に当たってみました」

「わかったのですね」

「はい」

うなずく玄信。横から弥太郎が言う。

「先生、原田は馬喰町の宿でおとなしくしておりますね。たまに近所をうろついたり、浅草の観音様にお参りに行ったりしていますが、深川方面には出向かず、夕方になると例の居酒屋で飲んでいます」

弥太郎は原田時次郎の動きをじっと観察している。

「そうなんだよ。わたしもちょっとは心配したが、言いつけは守ってくれているようだ。それで、昨日、時次郎を訪ねてみたんだ」

「そうでしたね。見ておりましたよ。先生が馬喰町の居酒屋で原田と会ってらっしゃるのは」

「さすが、弥太さん。わたしは見張られているのにはまったく気がつかなかった」

玄信は一枚の絵図を取り出す。

「これが三河の国絵図です。原田のいた藩はこの中にあります」


昨夜、馬喰町の居酒屋の板の間の隅で原田時次郎はいつものようにひとりで酒を飲んでいた。

「やあ、原田さん、今日もここにいらっしゃいましたね」

宗匠頭巾の玄信がおもむろに声をかける。

「あ、恩妙堂先生。わかりましたか、敵の所在」

「まあまあ、そう慌てなさんな」

「いらっしゃいませ」

いつもの老婆が奥から出てきて、玄信に愛想よく声をかける。

「あ、酒の熱いのを二本持ってきておくれ」

「かしこまりました」

老婆が奥に引っ込むのを目で追い、玄信は懐《ふところ》から天眼鏡を取り出して時次郎の顔をじっと見る。

「人相がこの前よりもずっとよくなっておられる。元々強い吉運がさらに強く出ておりますな。大願成就もそう遠くない」

「ほんとですか。ありがとうございます」

「敵は江戸におりますぞ」

「では、やはり大黒屋親子が」

「さあ、それがまだはっきりしませんので」

「はあ」

「お待ち遠さま」

老婆が二本の徳利の載った膳を玄信の前に置く。

「ありがとよ。さあ、原田さん、まずは一献いかがですか」

「いただきます。先生もどうぞ」

「はい、頂戴します」

酒のやりとりで喉を潤し、唇をなめらかにする。

「敵はおそらく江戸におりますが、どこに潜んでいるか、方位が決め手となります」

「方位ですか」

「はい、敵は三河からこの江戸に出てきたと思われますが、元のお城の場所がわかれば、易によって今の場所を突き止めることができるのです」

玄信は三河の国絵図を取り出して広げて見せる。

「江戸からの方位で見ると、真ん中の岡崎、海寄りの吉田、美濃《みの》と信濃《しなの》に近い川津、このいずれかによって、今の瓜生親子の所在が占えます」

「うーん。方位によって敵の居場所が浮かぶのですね」

「この江戸にいることが確かなら、まず当たると思うのですが、いかがでしょう」

時次郎は国絵図を凝視し、川津を指さす。

「瓜生親子がいたのは、ここです」

「なるほど、美濃と信濃に接しておりますね。では、日を改めまして、吉日を選び、卦を立てます。判明すれば、すぐにお伝えいたしますので、いましばらく、お待ちなさるのがよろしかろう」

「はい、ああ、待ち遠しい。腕が鳴ります」

「そうだ。大変失礼なことをうかがいますが、原田さん、仇討ちは言うまでもなく真剣勝負です。剣はお強いのでしょうね」

「さあ、国元の道場ではそこそこの腕ではありましたが、人を斬ったことはないので、どんなものでしょう」

「相手の瓜生親子はいかがですかな」

「せがれの幸之助はまるで駄目でしょうね。剣よりも女遊びですから。しかし、父親の嘉右衛門は強いと聞いております。わたしの父はできるほうでしたが、騙し討ちにされたにせよ、あっけなく討ち果たされましたので」

「そうですか」

「でも、先生、いいことをおっしゃっていただきました。明日からは河原ででも少し鍛えてみます」

「それがよろしい。大願成就まで酒も少し控えられたらいかがですかな」

「はい、酒を断って、願いを叶えます」

「というわけで、瓜生嘉右衛門が大目付を勤めていたのはここ、三河の川津藩六万石。ご城主は上泉周防守様とわかりました。また、嘉右衛門の剣の腕前はかなりできるようです」

玄信の言葉に一同は感心する。

「先生、これでいろいろと流れがつかめましたな」

勘兵衛が判明したことをまとめて筋道をなぞる。

「五年前、三河川津藩の城下で藩の大目付瓜生嘉右衛門のせがれ幸之助がならず者を使って勘定方組頭原田十兵衛の娘小夜をかどわかし、これを犯すという悪事が出来《しゅったい》。これがそもそもの発端ですな」

一同、うなずく。

「瓜生嘉右衛門と幸之助の親子は十兵衛の談判に応じず、その場で殺害し、藩の御用金を横領し、その罪を死んだ十兵衛に被せて、国元を出奔。十兵衛の娘と妻女は自害、残ったせがれの時次郎が真相究明と仇討ちを願い出るが、却下され、諸国を放浪のち、この三月に江戸に入り、飛鳥山でのわれわれの花見の場の乱闘で、大黒屋のせがれ庄太郎を見て、瓜生幸之助ではないかと疑いました。これが、われわれの世直しにつながるかどうかですね」

「へへ、大家さん、うまくまとめましたね」

半次が言う。

「で、あっしの調べたところ、江戸に出てきた瓜生親子は深川で材木商をしている旧知の三河屋を訪ね、町人の庄兵衛、庄太郎と名を変えて、国元で盗んだ五千両を元手に今川町で材木屋大黒屋を開きます。死んだ三河屋の土地と材木を手に入れ、焼け野原に百軒長屋を普請して、慈悲深い仏の庄兵衛と慕われるようになったけど、とんでもねえ、その実、金払いがすこぶる悪かった」

「そうだよ、半ちゃん。親父も汚い金の亡者、せがれは女をいたぶる外道《げどう》。瓜生幸之助は大黒屋庄太郎になっても、女癖は下劣なままだ」

そう言ったのが徳次郎である。

「博奕《ばくち》打ちで十手《じって》持ちのごろつき黒江町の仁吉といっしょになって、岡場所で女郎や芸者をさんざん痛めつけ、今度は絵師の板川秀月を使って、素人のお嬢さんたちを嬲りものにしてやがるんだ。性懲《しょうこ》りのねえやつだよ」

「うまく流れができましたね」

弥太郎が言う。

「で、ひとつ思ったんですが、瓜生親子が三河で盗んだ五千両、千両箱五つとしてふたりで江戸まで運ぶのは大変ですよ。人足を雇うにしても、大金ですからね。幸之助が国元で原田時次郎の妹に狼藉を働いたとき、手先にごろつきを使ったそうですが、そいつらに江戸まで金を運ぶのを手伝わせたんじゃないか」

「ほう」

「旅の渡世人の仁吉が江戸に流れてきたのが五年ほど前。手下のごろつきといっしょになって、元いた親分を殺したか、金と脅しで追い出したか、縄張りを乗っ取り親分風吹かせて、大黒屋に出入りしています。仁吉と子分、もともと川津のやくざ者だったんじゃないでしょうか」

「なるほどなあ」

「だとすると、大黒屋と仁吉一家は腐れ縁。もしも伊勢崎町の火事が三河屋を殺しての付け火とすれば、仏の庄兵衛は自分では手を汚さずに、仁吉にやらせたんじゃないでしょうかねえ」

勘兵衛が感心する。

「弥太さん。それもあるかもしれない。いや、たとえそうでなくても、仁吉や秀月は許せないね。ここはひとつ、お殿様にお知らせして、世直しのお伺いを立てよう。そうと決まったら、弥太さん、馬喰町の浪人の見張りはもういいから、大黒屋でなにか出ないか、探ってみてくれないか」

「では、やつらの尻尾《しっぽ》、忍びの術で見つけてみましょう」

四

八つの太鼓が鳴り、江戸城本丸の老中御用部屋では当番の老中が帰り支度を始め、茶坊主の先導で退出していく。松平若狭介だけは座ったまま御用箱の中の書類を整理していた。

茶坊主の田辺春斎がそっと近寄り、茶を捧げる。

「若狭介様、お茶でございます」

「春斎か。退出の刻限を過ぎておるのに、すまぬのう」

「いえいえ、いつもご精が出ますな」

「ふふ、わしはどうも仕事が遅うていかん」

つい物思いに耽っていた。昨日、家老の田島半太夫より勘兵衛からの報告を受けたのだ。今月半ば、長屋の連中が飛鳥山に花見に出かけた折、絡んでくる無頼《ぶらい》の輩《やから》と乱闘になった一件。相手は深川の材木商のひとり息子と取り巻きの博徒《ばくと》であったが、さらに博徒が町方の手先であることもわかった。そこで相手について詳しく調べるように指示を出していた。

火事と喧嘩は江戸の華という言葉もある。町人たちの花見での乱闘など珍しくもない。どうせたいしたこともなかろうと、ほぼ忘れかけていたら、昨日、半太夫からその後の経過が伝えられた。さて、いかがいたしたものか。

大名の不祥事は公儀大目付によって告発されるが、諸藩の国元で起きた殺人や窃盗などの悪事は藩内で処理され、幕府は干渉しない。町人となった大黒屋が江戸市中で犯した悪事が明るみに出れば、町奉行所で裁きがくだる。庄兵衛は慈悲深い商人として慕われており、悪い噂だけでは町方は動かない。せがれ庄太郎が岡場所などで女郎相手に無法を働いても客として許され、素人の町娘を犯しても訴えがなければ、悪事は成立しない。また、仇討ち免状を持たない浪人が大黒屋親子を討ち取った場合、町奉行所に捕縛され、死罪が下されるだけである。

もうひとつ気になるのは瓜生親子が出奔した三河川津藩のこと。藩主が上泉周防守。先月、自刃した元寺社奉行の斉木伊勢守、その奥方が周防守の息女であり、公儀には夫の菩提を弔うため巡礼に出たと届けられたが、消息不明である。川津藩の元家臣である瓜生親子の悪事について長屋の隠密から報告がもたらされたが、偶然とはいえ、前回に続き上泉周防守の名前が二度も出るとは。

さて、どうするべきか思案していると、つい公務に集中できず、八つを過ぎてしまったのだ。

春斎がいれてくれた茶を一口飲む若狭介。

「ちと、尋ねるが」

「なんでございましょう」

「先月、切腹した斉木伊勢守のことじゃ」

「はあ」

「不祥事での切腹、われら老中で協議の上、改易にはならずに済んだが」

「それはなによりでございます。伊勢守様おひとりが潔く腹を召され、ご家来衆は無事でございましたので、巷《ちまた》に浪人が増えず」

「奥方が巡礼に出られたとか」

「はい、そのような噂がまことしやかに広まっております」

「奥方のお父上が、ええっと」

「上泉周防守様でございますか」

「そうであったな。なんでも周防守殿は上様とのご縁があり、それゆえ伊勢守が出世したとの噂、耳にしておる」

にやりとうなずく春斎。

「上様と周防守様が乳兄弟との噂でございましょう」

「さよう。まことの話か」

「畏れ多くて、わたくしどもが申し上げるべき噂ではございませぬが、あの噂の出どころは、おそらく娘婿《むすめむこ》の伊勢守様がご自分で言い触らしておられたと存じます。ですが、どうも怪しゅうございます」

「なんじゃ、乳兄弟ではないと」

「周防守様は還暦をとうに過ぎておられますが、上様はまだお若うございます。乳兄弟などとは、歳が違いすぎまする」

考えてみれば、その通りである。

「では、なにゆえに乳兄弟などと偽りの噂を触れておったのかのう」

「実はもうひとつ、噂がございまして」

「まだあるのか」

「畏れ多いことながら、伊勢守様の奥方様は周防守様のご息女であらせられますが、そのお母上は周防守様のご側室。このお方がかつて、大奥で上様の乳母をなされておられたとのこと。つまりは」

「わかった。もうよい。それ以上は言わずとも」

つまり、伊勢守の奥方お鶴《つる》は将軍と乳兄妹であったのだ。それゆえ、どんな悪事もうやむやにされて、無能な暗君であった伊勢守は虎の威を借り、好き放題に出世していた。

斉木伊勢守と奥方お鶴の悪事は先月、隠密長屋の手で片付いた。次の一手、どう出るべきかな。

深川今川町の大店、大黒屋の奥座敷で主人の庄兵衛が背筋をしゃきっと伸ばして端座し、行灯《あんどん》の明かりで書見台の浮世絵を苦々《にがにが》しく眺めている。歳は五十過ぎだが髪は黒々とし、細面の顔は整っており、眼光は鋭い。書見台の絵は板川秀月が不行十時《ふゆきとどき》の名で出した春秋色相撲の一枚であった。

すっと唐紙が開き、せがれの庄太郎が姿を見せる。背は高くなく、ぽっちゃりと太っており、下品な間抜け面である。

「父上、なにか御用でしょうか」

「これっ。父上などと。だれかに聞かれたらどうする」

「あ、つい、うっかり、おとっつぁん」

溜息をつく庄兵衛。

「だめだねえ、おまえ。いつまで侍気質が残ってるんだい。そんなことじゃ、先が思いやられるよ」

「勘弁しておくんなさいよ。奉公人の前でも町の衆の間でも、くだけた町人の若旦那で通しておりますよう。父上、いや、おとっつぁんの前に出ると、急に体がしゃちこばっちゃうんです。物心つく前からずっと厳しく躾《しつ》けられてましたから」

「ふんっ。武士を捨てて町人になるのと、くだけて遊び呆けるのとでは違うよ。わたしをご覧。株仲間の付き合いで茶屋遊びぐらいはするし、お役人をもてなすこともあるけど、おまえのような散財はとてもできないよ」

「父上、いえ、おとっつぁんは昔からお堅い性分でしたからねえ」

「おまえが柔らかすぎるんだ。岡場所でどれだけ遊んでるんだい。いくら付けが利くからって、ええっ、今月だけで百両は遣ってるだろ。茶屋からの掛け取りの応対、番頭には任せられず、いつもわたしが払ってる。うんざりするよ」

「へへ」

「なにがへへだ」

「大黒屋は儲かってるじゃないですか。あたしはひとりで遊んでるんじゃありませんよ。うちが世話になってる仁吉親分をもてなして」

「あんなやつ、世話になってるもんか。こっちが世話してやってるんだ。茶屋から苦情が来てるよ。おまえ、寄ってたかってひとりの女郎を大勢で弄《もてあそ》ぶんだってな」

「いえ、そこんところ。仁吉親分と子分が五、六人。人数分の女郎を呼べば、それだけ金がかかりましょう。ですから、節約してひとりをみんなで」

「馬鹿っ。この絵を見ろ」

庄兵衛は書見台の絵を見せる。

「うふふ」

「なにがうふふだ」

「よく描けてるなあって」

「その関取も仁吉の子分だな」

「安五郎です」

「国元にはいなかったな。そんな関取」

「こいつは江戸で仁吉親分が賭場を開いて、十手持ちになってから身内になったんです」

「ああ、いやになった。やつらとは一生、手が切れないようだ」

「その分、役に立つじゃありませんか。例の火事のときだって」

「馬鹿者っ、あのことだけは絶対に口にするな。おかげで仁吉には弱みを握られているんだ」

「だから、あたしが岡場所でもてなしてるんですよう。大目にみてくださいな」

「ふんっ。この絵を描いた不行十時ってのは、板川秀月だろう。いつもおまえとつるんでいる」

「はい、寺裏の師匠です。この絵が評判になって、近頃売れてきましてね。あたしも鼻が高うございます」

「だからお前は馬鹿なんだよ。こんな危な絵がお上の取り締まりに引っ掛かってみろ。こっちにまで火の粉がかかったらどうするんだ」

「たしかに火事になったら火傷《やけど》しますね」

「火事の話はやめろ。おまえ、近頃じゃ、玄人ばかりか素人も相手にしてるだろ。何度もねじ込まれたよ」

「お世話をおかけします」

「秀月が永代寺の門前で、商家の娘に声をかけて、美人画を餌に出合茶屋に誘い出し、そこでおまえがいたぶる手口、何度も繰り返してどうする」

「そうたびたびじゃありません。それに相手の娘はたいていいいところの娘ですから、うまく体の相性が合えば、大黒屋の嫁にしてもいいかなあと」

「だまして手込めにした娘がおとなしく嫁になるわけないだろうが。おまえ、いったいいくつになるんだ」

「父上、いえ、おとっつぁん。ご存じでしょ。あたしの歳、二十六ですけど」

「世間じゃ、言ってるよ。大黒屋は今の旦那で持ってるが、あの旦那が死んだら、続かないだろうって。四年かけて大きくしたが、潰れるのは一日だって話だ」

「四年で大きくして、潰れるのは一日。うまいこと言いますねえ」

「感心してる場合か。何代も続いた老舗なら、そう易々とは潰れないだろうし、出来の悪い道楽息子のところにも嫁は来るだろう。が、うちは新規に出した店で、なんとかわたしは頑張っているが、まだまだ信用は足りない。おまえ、そろそろ遊ぶのをやめて、商売を覚えて、ちゃんと嫁を貰う気にはなれないのか」

へらへらした態度を改め、冷たい目で庄兵衛を見る庄太郎。

「なれませぬな、父上。わたしは岡場所で遊ぼうとも、素人の町娘を手込めにしようとも、物足りませぬ。国元で犯した美女、あの小夜のような武家娘が嫁になってくれるなら、心を改めまする」

「馬鹿を申せ。そんな物好きな武家娘がいるわけなかろう」

「しかし、あの一件で五千両が手に入り、父上も堅苦しい武家の暮らしから、気楽な身分になられたのではございませぬか」

庄兵衛はすっと立ち上がり、長押《なげし》の槍を取って庄太郎を睨む。

「なにをなされます。お許しくださいませ」

いきなり天井を突く庄兵衛。

「にゃあ」

猫の泣き声。

「いかがなされました」

「鼠《ねずみ》かと思うたが、猫であったか。長らく剣を手にしておらぬ。わしも勘が鈍ったようじゃ」

第四章　仇討《あだう》ち

一

柳橋《やなぎばし》の茶屋で四人が密会していた。

座敷の上座にはお忍びの老中松平若狭介、その脇に江戸家老の田島半太夫、下座には井筒屋作左衛門と田所町の大家勘兵衛が平伏している。

「勘兵衛、苦しゅうない。まずは盃《さかずき》を取らす。これへ」

「ははあ、ありがたきお言葉」

膝行し、盃を受ける勘兵衛。

「もう、春も終わりじゃのう。とうに桜も散っておるが、花見の一件から、よくぞ面白き事案をあぶり出したな」

「畏れ入ります」

「深川の材木商大黒屋庄兵衛が川津藩の元大目付瓜生嘉右衛門とのこと。間違いあるまいな」

「はっ、われら隠密一同、念入りに探索いたしましたので、間違いはございませぬ。大黒屋庄兵衛こそが瓜生嘉右衛門にございます」

「瓜生嘉右衛門のせがれ幸之助が国元で勘定方組頭の娘を犯し、嘉右衛門が組頭を殺害し御用金五千両を奪い、それを元手に江戸で大黒屋庄兵衛になったとのこと、これも相違ないな」

「はい、ご家老子飼いの忍びにより、さらに裏付けが取れました。まさに、その通りにございます」

弥太郎が大黒屋の天井裏で調べ上げた大黒屋庄兵衛こと瓜生嘉右衛門親子の厚顔無恥な会話。手込め、殺し、盗み、火付け、悪事の数々を臆面もなく語り合うのは、すべて白状したも同然であり、なにひとつ疑う余地はない。

顔をしかめる若狭介。

「女を犯し、その父親を殺し、金を奪う。それだけでも見下げ果てた悪行三昧《あくぎょうざんまい》。さらに伊勢崎町の地主三河屋を殺害して火を付け、焼け野原となった一帯の買い上げを願い出て、当時の北町奉行柳田河内守の取り持ちで沽券（こけん）を手に入れ、地域を復旧させて称賛されておるとは、沙汰の限りじゃ」

「はい、仏の庄兵衛と呼ばれ、深川の町では慕われておるよし」

「ただでさえ許せぬのに、私利私欲のため大勢の人々を焼き殺しながら、民に慕われ仏とは笑止千万。国元での悪事、さらに江戸での火付け、なにひとつ露見しておらぬのか」

大きくうなずく勘兵衛。

「三河での勘定方組頭殺害は自ら手を下《くだ》したよし。ですが、大目付の職権で罪人を処罰したと言い逃れ、横領の罪も勘定方組頭に被《かぶ》せ、究明を逃れるための出奔にございます。伊勢崎町の火付けを行ったのは国元からの悪縁で手先に使っている博徒《ばくと》の仁吉でございます。庄兵衛となってからは江戸ではいっさい手を汚さず、真面目に商売一筋。温厚で品位あり、人付き合いも良好で、表だって悪く言う者はおりませぬ」

「人は見かけによらぬ。善人の皮を被った悪鬼のごとくじゃな。このまま見過ごせば、いずれまた、己の名声を守るため、多くの民を踏みにじり苦しめるであろう」

若狭介は怒りに顔を歪ませる。

「ははっ、仰せの通りにございます。それに引き換え、せがれ庄太郎は未だに悪い噂が絶えませぬ。ことに深川界隈では忌み嫌われる悪評ばかり。遊里で女郎や芸者を痛めつけ、町では素人《しろうと》娘を手込め同然に犯しております。評判そのままの外道でございます」

「うーむ」

若狭介は顔をしかめる。

「悪事を巧みに隠蔽し、品行方正な商人として体面を重んじる庄兵衛が、なにゆえにせがれ庄太郎の悪辣な放蕩を許すのであろう」

「わたくし、思いまするに」

井筒屋作左衛門が言う。

「まともな商家なら、放蕩息子は勘当となりましょう。が、大黒屋は汚い手口でなりあがっただけのこと、とてもまともな商家ではございませぬ。せがれの口から旧悪が露見せぬとも限らず。かと申して、せがれの女好きの悪癖は改まらず、ふふ、さぞかし困っておるのでしょうな」

嘲笑する作左衛門に勘兵衛もうなずく。

「はい、わたくしもそう思います。小言ぐらいは言いましょうが、ことさらに厳しく躾ける様子はなく、極悪人のくせに世間の親馬鹿そのもの、よほど甘やかしておりますな」

「嘘で固めて金も人望も手にした大黒屋に、正真正銘の放蕩息子か。この悪逆非道な親子は許せん。揃って成敗すべきとは存ずるが、いかにいたそうかのう。悪事露見で打ち首獄門《ごくもん》の仕置となれば、大黒屋の身代はお上で没収、庄兵衛親子の悪事とかかわりない奉公人にも累《るい》が及ぼう。罪にはならぬとも路頭に迷うであろうが、それもいたしかたないのか」

作左衛門が言う。

「おそらく奉公人は江戸で雇い入れた者たち。だれも庄兵衛の旧悪は知らぬと思われ、悪事への加担はありますまい。庄兵衛親子がなんらかの形で処罰なり成敗なり仕置されれば、身代は町奉行所によって召し上げとなり、同業の株仲間に下げ渡されましょう。奉公人はひとまず職を解かれ、新たに主人となった者が引き続き雇うか、口入屋で世話をいたしましょう」

「さようか。庄兵衛親子が罪に問われて裁かれても、今の奉公人はさほど困らぬのじゃな」

うなずく作左衛門。

「みながみなというわけにはまいりませぬが、たいていはなんとかなりましょう」

「うむ。主家《しゅか》の改易で浪人となり、仕官のままならぬ武家よりはましかのう」

「さようでございますな」

「よし。ならば、大黒屋親子は成敗いたそう。それがなによりの世直しじゃ。同じく、博徒で町方の手先を勤めおる黒江町の仁吉と子分ども。絵師の板川秀月も懲らしめねばならぬが」

　勘兵衛が尋ねる。

「殿、仇討《あだう》ちについてはいかがいたしましょう。瓜生嘉右衛門に父親を殺害され、御用金横領の罪まで被せられた原田時次郎と申す浪人。嘉右衛門を敵《かたき》として狙っております。玄信がこの者から話を聞き出したことで、瓜生親子の悪事にいきつくことが叶いました」

「おお、玄信か」

　若狭介は祐筆時代の玄信を思い出し、にやりとする。

「今は大道易者をしておるそうな」

「はい、隠密として役立っております。浪人の仇討ちに一番肩入れしているのが玄信でございます」

「さようか。仇討ちの本懐、遂げさせてやりたいところじゃが、その浪人、剣の腕はいかほどであるか」

「多少は鍛えておりましょうが、敵の瓜生嘉右衛門はなかなかの使い手らしく、対決しても勝敗はわかりませぬ」

「見事親の敵瓜生親子を討ち果たしたところで、仇討ち免状がなくては下手人《げしゅにん》として、処断されよう」

「そうなりましょう」

「仇討ちが成就し、浪人原田時次郎が処罰されぬ思案、なにかないかのう」

「おお、殿」

家老の田島半太夫が感嘆する。

「いつもながら、慈悲深いお心。半太夫、感服いたしましたぞ」

うなずく若狭介。

「半太夫、そのほう、いつも感服しておるが、なにかよい思案は浮かばぬのか」

「うーん」

半太夫は唸る。

「さようでございますなあ。ここはひとつ派手に仕組んでみてはいかがでございましょう」

「派手に仕組むとは」

「ぱあっと、江戸中に仇討ちがあると触れまする。たとえ免状がなくとも、相手は父殺しの極悪人。一目見ようと、見物が集まりましょう。うらぶれた浪人が悪徳商人を見事討ち取りますれば、評判が評判を呼び、世間は褒めそやしまする。忠臣蔵《ちゅうしんぐら》のごとき快挙でございますぞ」

「ほう、忠臣蔵か。なるほど」

「となれば、捕縛されても、奉行所で極刑は下さぬと思われます」

「いや、忠臣蔵の義士たちは、みな切腹を仰せつかったぞ」

「あ、いえ、運悪く極刑になった場合は、ご老中に仕置伺いとなりますので、殿、そのときはみなさまと協議なさり、免状がなくとも孝士の仇討ちは武士の誉れとして、所払いか遠島にでも減刑なされてはいかがでございますか」

「半太夫。そのほう、たまに穿《うが》ったことを申すな。ふふ、派手な仇討ちに仕立てて、瓜生親子の旧悪を江戸中に触れ、大勢の見物の前で浪人原田時次郎が免状なしに仇討ちをするわけじゃな。だが、栄耀栄華のうちに穏便に暮らしておる大黒屋庄兵衛が応じるであろうか」

「そうですなあ」

作左衛門が言う。

「お膳立てすれば、原田は喜んで仇討ちに臨みましょう。敵を討ちさえすれば、己の己の命など惜しくないとさえ思っておるでしょう。が、大黒屋は負ければ富も命も失う。返り討ちにしたところで、国元での悪事が世間に知れて、もはや商売はできませぬ。仇討ちのあることが近隣に触れられたなら、今ある店の金をかき集めて逃亡するやもしれませんな」

「そうなれば、またその金で名を変えて、別の商売でも考えだし、生きながらえて、いずこかの民を苦しめるやもしれぬのう」

眉を曇らせる若狭介。

「どうじゃ、勘兵衛。大黒屋庄兵衛を逃がさず、仇討ちに引き込み、これを原田が討ち果たす工夫、ないものかのう」

三月も晦日となり、亀屋の二階の座敷に店子《たなこ》の面々が集まった。毎月晦日は店賃の日。よその長屋は大家が店賃を集めて地主に届けるが、勘兵衛長屋は店子に店賃が配られ、無礼講の宴となる。

北側の床の間を背にした上座にいつも通り大家勘兵衛、地主の井筒屋作左衛門、今日はその隣に最年長の産婆のお梅が並ぶ。

　向かって右手の東側窓際に大工の半次、浪人左内、鋳掛屋二平の三人。反対側の壁際には易者の恩妙堂玄信、小間物屋徳次郎、箸職人の熊吉の三人。南側下座に飴屋の弥太郎、女髪結のお京、番頭の久助が席に着く。

「みんな、ご苦労さん。そろそろ始めようかね。お待ちかねの店賃、いつも通り井筒屋さんが持ってきてくださったんで、今から配りますよ。じゃ、井筒屋さん、よろしく」

　井筒屋作左衛門が福々しい恵比寿顔で挨拶する。

「やあ、みなさん、三月も今日で終わり、明日からは夏ですよ。飛鳥山の花見にはごいっしょしたかったんですが、商売が忙しくて、残念でした。ひと月ぶりにみなさんと酒が飲めるのはうれしいです。それに、今日はすでに勘兵衛さんからお伝えしているると思いますが、お殿様からの新しいお指図がありますので」

「いよっ、待ってました」

　半次が声をあげる。

「ふふ。では、みなさん、まずは店賃をお受け取りくださいな」

　小分けされた金の包みを作左衛門が取り出したので、久助が進み出て受け取り、みなに配る。

「旦那、ありがとうございます」

「ありがとうござんす」

「かたじけのうござる」

店子一同が作左衛門に頭を下げる。

「みなさん、間違いがあってはいけないので、中を確かめてください」

「はい」

「ひええ」

包みを開けて半次が声をあげる。

「五両もいただいていいんですかい」

みな、それぞれ包みを開けてうれしそうな様子。

「もちろんですよ。今月は花見のあと、大黒屋の一件、いろいろと探ってもらいましたからね。お殿様は満足しておられます。そして、今日は改めまして、お指図をお伝えいたします。飲みながら、食べながら、聞いてくださいな」

「みんな、今日も井筒屋さんから伏見《ふしみ》の樽をいただいたよ」

「うわああ、ありがたいっ」

「ありがとうございます」

「かたじけのうござる」

「まあまあ、みなさん、どうぞお気楽に。では申し上げます」

「承《うけたまわ》ります」

作左衛門は語った。

深川今川町の材木商、大黒屋庄兵衛とせがれの庄太郎。このふたりが、三河川津藩の国元で勘定方組頭の原田十兵衛の娘を犯し、十兵衛を殺害し、五千両を奪ったことは明白であるが、諸藩の内部で起きた悪事を公儀は立ち入って裁くことはしない。だが、公にせず、それができるのが隠密長屋の働きである。

大黒屋庄兵衛は深川伊勢崎町で三河屋一家を殺害し、町に火を付けて一帯を焼け野原にした。実際に手を下したのは博徒で御用聞きの仁吉と手下たちであり、全員火あぶりにすべきところ、証拠がなく、町方で裁くことができない。また、庄太郎は絵師の秀月に町娘を上納させ弄《もてあそ》んでいるが、訴えがないので裁けない。これらを裁けるのは、隠密長屋の一同だけである。

原田十兵衛の一子、原田時次郎が大黒屋庄兵衛こと瓜生嘉右衛門を父の敵と狙っている。大黒屋を中心とする悪の一味を追い詰め、原田時次郎に瓜生親子を討たせたい。

それが今回の松平若狭介からの指令である。

「いかがですかな、みなさん。ここはひとつ、うまく工夫し、原田時次郎に敵を討たせてやりましょう」

「おお、なんとありがたいお役目でありましょう」

玄信が作左衛門に深々と頭を下げる。

「悪人たちの卑劣極まりない所業はあきらかです。ただ成敗するのではなく、原田時次郎に敵を討たせる。あの若者、どれほど吉報を待ち焦がれていることか。さっそくにも知らせてやりとうございます」

「お気持ちはわかります。だけど、玄信先生」

勘兵衛が言う。

「まずは仕掛けを考えなければなりませんよ。ただ、仇討ちといっても、原田が大黒屋に乗り込んで、敵呼ばわりしても、その場で闇に葬られるのが落ちです。路上で待ち構えて、勝負を挑んでも、あっけなく返り討ちにされるかもしれず、卑劣な庄兵衛のこと、命を狙われると知れば、どんな汚い手を使うかわかりません」

「はあ、ですが、一刻も早く原田時次郎にこのことを」

「わたしからも申し上げます」

作左衛門が言う。

「本懐を遂げさせるのが第一です。ご家老がおっしゃるには、仇討ちの決闘があることを世間に触れて注目を集める。それには大黒屋が仇討ちを断れないように追い詰めなければならない。さて、どうするか」

「庄兵衛の一番の弱みを押さえればいいんじゃないかしら」

お梅が言ったので、みな、そちらを見た。

「え、お梅さん、庄兵衛の一番の弱みというと」

「言わずと知れた極道息子。庄兵衛はいつも息子に振り回されているんじゃないかしら。国元にいたときは、息子の悪事が訴えられそうになったんで、相手を斬って、国を捨てたわけでしょ。江戸に出てきてからも、自分は商売をきちんとやりながら、息子の女遊びを大目に見て、勘当もせずに、まるで息子に弱みでも握られているような甘やかしぶり。親が甘すぎると、碌な子に育ちませんよ。でも馬鹿な子ほどかわいいとも言いますから。弱みを突くっていうのはどうですか」

「わあ、お梅さん、なるほどねえ。さすが年の功だ」

半次が大げさに感心する。

「もう、半ちゃん、いつも人を婆さん扱いして」

口を尖らせるお梅に横から作左衛門が酒を勧める。

「まあまあ、お梅さん。一杯どうぞ」

「あらあ、旦那、ありがとう存じます」

「たしかに庄兵衛の弱みは庄太郎ですね。つまり、庄太郎をうまく使って、庄兵衛が仇討ちを断れなくするように追い込む」

「あ、それなら」

お京が言う。

「あの色ぼけの若旦那、仇討ちの話が出てることなんて知らずに、相変わらずのんきに女遊びですよ。それに一役買ってるのが、絵師の秀月。こいつらをうまく釣り上げちゃ、どうですかね」

「お京さん、そいつはいい考えだが、どうやるかな」

「うふふ。今、思案が浮かびました。お任せくださいな。こういう手はいかがですか」

二

四月になったが、まだ暑くはなく、すがすがしい初夏の風が心地よい。

永代寺門前の茶店の床几《しょうぎ》に腰掛けて、絵師の板川秀月は参道を行く娘たちを物色していた。衣替えの時期であり、参詣の女たちはみな涼しげな夏物である。艶《あで》やかなものだなあ。

若旦那に言われている。いくら別嬪でも、もう安っぽい女はいやだよ。上品で清楚でつんと澄ましているような上物はいないかねえ。そのほうがおまえさんの絵にも役立つだろう。

昨年の枕絵、春秋色相撲の四十八手ひと揃いが評判になって、そこそこに売れたので、美人画の注文も版元から少しは来るようになった。

秀月は父の代からの貧乏浪人で、父親は町の狭い裏長屋で近所の子供らに手習いを教えていた。暮らしは貧しく、母親は秀月が十三歳の頃、家を飛び出したきり帰ってこなかった。ちょっとした美人だったので、他の男に乗り換えたのだろう。それから父は酒に溺れ、秀月が十八のときに道で倒れて死んでいた。

仕方なく父の跡を継いで、長屋で手習いの師匠となり、読み書きぐらいは教えていたが、あるとき、教え子の母親といい仲になり、親父が怒鳴り込んできて、間男《まおとこ》は叩き殺すと追い回され、後先も考えず着の身着のままで長屋を逃げ出し、それからはあちこちを転々とした。たいていは女のところに転がり込んだ。

すらりと背の高い色白の二枚目。商家の女房から芸者まで、素人玄人《くろうと》、女に不自由はしなかった。女に飽きられて、追い出されれば、また次の女に乗り換えるだけ。

絵師になるきっかけは六年前、ある絵師の女房と知り合い、ねんごろになった。女が言う。うちの亭主が住み込みの弟子を探しているから、おまえさん、どうだい。弟子になったら、朝から晩まで、あたしと同じ屋根の下にいられるよ。

絵なんぞ、どうでもよかったが、色っぽいいい女だったので、弟子になった。師匠の目をかすめて、朝から晩まで所かまわず、女といちゃいちゃしていた。師匠は枕絵が得意で、裏の道では重宝されていた。枕絵の下仕事を手伝うのは面白く、厳しい師匠に下男扱いされてこき使われながらも、女房を寝盗り、絵の技法も習得した。

だが、あるとき、女房とひとつ布団で寝ているところを師匠に踏み込まれた。女房は無理やり手込めにされたと師匠に泣きつく。師匠は間男は串刺しだと、脇差を抜いて向かってきた。ひょいとかわすと、師匠の手元が狂って刀が女房に刺さった。刀を奪い、呆然と立ち尽くす師匠の腹に突き刺して自害に見せかけ、手文庫から金を抜いて、その場を逃げ去った。

追手がかかるかと心配して、息を潜めていたが、師匠が身持ちの悪い女房を成敗して切腹したとして一件落着になった。師匠も秀月同様、浪人だったのだ。世の中、つくづく甘いもんだ。

ほとぼりが冷めるまで、江戸を離れ、旅の絵師として近隣諸国を巡り歩き、先々の宿場で枕絵を描いたら、これがけっこうな値がついて、路銀の足しになり、どこへ行っても銭と女はついてまわった。

三年前、江戸に舞い戻ったが、師匠の噂などだれも覚えていない。たいして売れない絵師だったから、そんなものだろう。

江戸では枕絵が売れ、いい金になる。今までものにしたあらゆる女たちとの逢瀬を思い浮かべながら、次々に肉筆画を描いた。深川の冬木町に狭いながらも一軒家を借りて、以後、画号を不行十時《ふゆきとどき》とし、寺裏《じり》の師匠と呼ばれるようになった。

が、いつまでも肉筆の枕絵だけじゃ、先が思いやられる。そんなとき、深川の岡場所で大黒屋の庄太郎と知り合ったのだ。

馴染みの茶屋で遊んでいると、時々主人に枕絵を所望される。さらさらっと描くと、喜んで勘定を負けてくれる。勘定を負けてもらうよりは、自分の絵を喜んでもらうほうがずっとうれしい。

商売柄、秀月の枕絵が座敷に飾られている。それが庄太郎の目に留まったのだ。主人の口利きで座敷に呼ばれて驚いた。

「いやあ、師匠、お目にかかれてうれしいですよう。あたしの盃、受けてくれませんかねえ」

取り巻きが人相の悪い博徒たち。黒江町の仁吉とその子分。仁吉は町方の手先で十手《じって》持《て》ちでもある。とはいえ、秀月の以前の師匠殺しはばれる気遣いはなさそうだ。子分のひとりが関取くずれの安五郎。

「おうっ、師匠、若旦那の盃、受けておくんなせえ」

仁吉に睨みつけられながら、庄太郎の前に進み、盃を受ける。

「これから贔屓《ひいき》にするからさ、師匠、どうかいっしょに遊んでくれないかい」

「はい、喜んで」

庄太郎の遊びは凄まじかった。

置屋から茶屋に呼ばれた女郎は、座敷に男たちが何人も待っているので、怯むのだ。

庄太郎は女に尋ねる。気に入った男をひとりお選び。

女が選んだ男が庄太郎でなかった場合、どうしてあたしを選ばなかったんだい、と庄太郎は怒って、女をみんなの見ている前で無理やり犯す。いくら売り物の女郎でもみんなの見ている前で無理やりはむごすぎる。

泣いていやがる女と一戦終わった庄太郎、今度は関取くずれの安五郎を女にけしかける。

「師匠、矢立を持ってるよね。早くお描きなさいよ」

庄太郎に言われて、活写する。

関取くずれが女を組み伏せる場面。周りで囃したてる博徒たち。

「おお、師匠、さすがに上手だねえ」

出来上がった絵に感心する庄太郎。

「そうだ、師匠。この絵で思いついたんだけど、毎回安五郎に女と取っ組ませて、四十八手を描いてみちゃ、どうだい」

春秋色相撲の趣向。よほどの色狂いでないと思いつかないだろう。だが、それを知り合いの版元に見せたら、感心してくれて、枕絵を専門に手掛けている裏の版元に引き会わせてくれ、昨年、それが当たったのだ。

おかげで美人画の浮世絵を板川秀月の名で表から出せるようになり、少しは世間で知られ、鼻も高い。

相撲絵の裏四十八手が終わり、次はなにを描こうかと思案していたら、庄太郎から声がかかった。とびきり美人の素人娘との逢瀬をお膳立てしてほしいと。そして、庄太郎とその素人との絡みを枕絵に描いてはどうかと。

手荒な無頼《ぶらい》の仁吉一家は呼ばず、洒落《しゃれ》た出合茶屋で庄太郎と女だけ。女には庄太郎のことは秘めておいて、秀月が版元から美人画を頼まれているので、描かせてほしいと持ち掛け、うまく誘い出し、女が着替えている最中に隠れていた庄太郎が姿を現し、驚き嫌がる女を手込めにする。それをそっくりそのまま枕絵に描くのだ。

若旦那に美女をあてがい、美人画を描く。汚い手口で馬鹿馬鹿しくもあるが、不思議と絵心を刺激され、今まで以上の鮮烈な絵が描けるのだ。だから、やめられない。

今日もまたぼんやり参道を見つめながら、枕絵になりそうな美女が通りかかるのを待ち構えている。

「お嬢様、お疲れになられましたでしょう。こちらでお休みになられてはいかがですか」

「そうじゃな。では、そういたそうか」

秀月のすぐ横で鈴を鳴らすような心地よい声が聞こえたので、ちらりと見た。

うっ。

あまりの美しさに目を瞠《みは》る。単衣《ひとえ》の薄い絹もの。髪の形からして、身分の高い武家の息女である。

「これ、そこなる媼《おうな》、これへ茶を持て」

「へーい」

付き従う年配の女中が茶店の老婆に声をかけ、茶を注文する。

武家娘は歳の頃十八、九。いや、もう少し上かもしれない。背筋が伸びて、色白の整った面立ち。まるで京人形のような気高さだ。

「お茶をどうぞ」

茶店の老婆が床几に茶の載った盆を置くと、娘は軽く笑みを浮かべ、湯呑を手にして口に運ぶ。その仕草があまりに上品なので、秀月は思わず見とれてしまった。

秀月と目が合ったので、娘は無言で軽く会釈する。

はっとして、秀月も礼を返した。いいきっかけだと内心にんまり。

「不躾《ぶしつけ》ではございますが」

思い切って声をかける。

娘は驚いたように秀月を見て、うつむき加減に頬を染める。

すかさず女中の叱声。

「なんでございますか。無礼な」

「あ、いえ、お嬢様に一言、ご挨拶いたしたいと存じましただけのことで」

女中に睨まれ、引き下がる秀月。

「これ、お絹《きぬ》」

「はい、お嬢様」

「無礼なのはおまえのほうです。見知らぬお方に声を荒らげるなどとは」

娘は女中をたしなめ、秀月に頭を下げる。

「どうか、失礼をお許しくださいませ」

「いえいえ、こちらこそ、大変失礼いたしました。ちと、お尋ねしたいことがございまして」

「まあっ。なんて図々しい」

女中がまた、秀月を睨む。

「これ、お絹。おまえはどうも無作法でいけません。少し下がっているがよい」

「でもお嬢様」

「そちらにお行きなさい」

「かしこまりました」

女中は離れた場所に引き下がり、娘は秀月に深々と頭を下げる。

「どこのどなたかは存じませぬが、度々のご無礼、お許しくださいませ。で、なにかわたくしに」

思わぬ展開に秀月は胸を躍らせる。このお嬢様、俺に気があるのかな。

「お初にお目にかかるお嬢様にこのようなこと、申し上げましては、さぞかしご不審に思われるかもしれませぬが、わたくし、絵師をしておりまして、つい花鳥風月に目がいきまする」

「絵を描かれているのですか」

「まだ駆け出しで、板川秀月と申します」

秀月は懐《ふところ》から取り出した浮世絵の美人画を見せる。

「このようなものを描いております」

娘はうっとりと絵を眺める。

「なんて、きれいなのかしら」

「お嬢様もおきれいです」

「え」

娘は恥じらい、もじもじする。

「実は次の趣向がなかなか浮かばず、版元より催促されておりまして。思い切って八幡様に願掛けをいたしました」

「はあ」

「そういたしましたら、あなた様をお見掛けしまして、はっといたしました。そのお姿、これぞ、八幡様のお引き合わせかと存じ、ご無礼をいたしました。どうぞお許しくだされませ」

「わたくしが、そのような絵の趣向になりましょうか」

「ああ、なりますとも」

秀月がふと向こうを見ると、女中はこちらに目を向けず、茶店の団子をむしゃむしゃと食べている。この機会を逃すまい。

「お嬢様。もしもお差支えなければ、あなた様のお姿をわたくしに描かせてはいただけますまいか」

娘は恥ずかしそうにうつむく。

「そのようなこと」

「失礼いたしました。そのお美しいお顔、お姿、絵にしておけば、この先何年も残ると思いまして。でも、ご身分のおありのお嬢様とお見受けいたします。とても無理でしょうな」

「いいえ」

蚊《か》の鳴くような小さな声で娘が言う。

「わたくしでよろしければ」

「えっ、それはまことでございますか」

「はい」

思わず息を呑み込む秀月。

「おお、では、お嬢様。いつがよろしゅうございましょう」

「いつでも。どうせ退屈な日々でございますもの」

「うーん、明後日はいかがですかな」

「はい」

「お嬢様、お名前をまだうかがっておりませんでした」

「申し遅れました。千代《ちよ》と申します」

「八幡様の願掛けは、決して他の者には洩らしてはなりませぬ。わたくしとお千代様だけの胸の内に秘めておかねば、絵は描けませぬので」

「わかりました。明後日、どこへうかがえばよろしいでしょうか」

「お千代様、失礼とは存じますが、お住まいはどちらですかな」

「本所でございます」

「さようですか」

本所には旗本屋敷が多い。おそらく旗本の息女であろう。

「では、この近くにあります出合茶屋はいかがでしょうか」

娘は首を横に振る。

「そんな。いやですわ。人目につくと」

「うむ」

糠喜《ぬかよろこ》びだったか。そうはうまくいかないようだ。

「さよう。出合茶屋はたしかに、ちとまずうございますな」

「いかがでしょう。先生のお宅はどちらですか」

「え、わたくしですか。冬木町です」

「先生のお宅には、ご新造様、奉公人などは」

「いや、わたくし独り身で、だれも召し使ってはおりません」

「ではだれにも見られずに、描いていただけますわね」

「ええっ」

秀月は目を丸くする。

「わたくしの家でよろしいんですか」

「うかがいます」

「では場所を詳しくお教えいたしますが、あの女中さんにはこのこと、お知らせにならず、おひとりでお越し願えますかな」

「もちろんですわ。八幡様に願掛けなさっているのでしょう。だれにも言わず、ひとりでうかがいます」

願ってもない幸運である。

「では、明後日の昼、九つではいかがですかな」

「うかがいます。冬木町のどちらでしょうか」

神田三島町の瓦版屋、紅屋の店先に立ち寄った玄信。今日は易者ではなく、文人墨客風である。

「おや、一筆斎先生、ようこそ」

紅屋の主人、三郎兵衛がうれしそうに出迎える。ここでは戯作者の一筆斎で通っているのだ。

「先生、ささ、どうぞ、こちらへお上がりください。今、お茶を」

「いえ、おかまいなく」

玄信はおもむろに紅屋の小座敷に上がり、三郎兵衛は茶をいれる。

「お忙しいところ、お邪魔します」

紅屋には奉公人はおらず、三郎兵衛がひとりで題材を集め、文案を練り、絵も描いて、彫師や摺師に仕事を依頼し、摺り上がったら、売り子の手配もする。ネタを提供してくれ草稿も書く戯作者は大歓迎なのだ。

「この前書いていただいたのは、節分の鬼退治でしたね。その後、なにか新しいネタでも」

茶をすすり、うなずく玄信。

「いやあ、あれからもう、そんなになりますか。またなにか面白そうな話でも見つかれば、書かせていただきたいと思っております」

「ぜひお願いしますよ」

玄信は顎を撫でる。

「実は、瓦版になるかどうか、ちょいとわかりませんが、戯作の種になるような話を小耳に挟みましてね」

「ほう、それはどのような」

「ほんとか嘘かわかりませんが、近々仇討ちがあるという噂、こちらではご存知ありませんかな」

三郎兵衛は首を傾げる。

「仇討ちねえ。さあ、世の中、落ち着いておりますから、そんな噂があれば、ぜひ知りたいですな」

「じゃあ、まだお耳には入っておられぬと」

「はい、仇討ちのような派手なネタがあれば、瓦版はぱあっと売れますよ。一筆斎先生は、どこでそんな噂を」

「先日、馬喰町で飲んでおりましたら、仇討ちがあるとか、そんなことを話している職人がおりまして」

「へえ」

「素知らぬ顔で聞き耳を立てておりましたら、なんでも若い浪人が親の敵を求めて江戸に出てきた。それが、とうとう敵を見つけたらしく、仇討ちがあるようだと」

「ほう、それはいい話をうかがいました。詳しいことはわからないんですね」

「そもそも酒場での職人の話。ほんとかどうかわかりません。ほんとうだとして、いつどこでか、それもわかりません。わたしは仇討ちなんて、この目で見たことありませんから、ぜひ実物を見てみたい。そうすれば、いい戯作の材料になります。紅屋さんならなにかご存知かと思ったんですがね」

「仇討ちの瓦版は何度か出してはおりますが、あたしも本物は見たことはありませんな。果たし合いが終わったあとにいろいろと尋ね回り、噂を面白おかしく膨らませ、尾鰭《おひれ》をつけて売り出しはしますが」

「そうですか」

「先生、本物をご覧になったら、ぜひ、うちの瓦版に書いてください。楽しみにしております」

「はい、もしも近々、仇討ちがあるとすれば、江戸で果たし合いがありそうな場所、ご存知ですか。前もってわかっていれば、その日に直《じか》に見物できますから」

「そうですなあ。仇討ちの名所といえば、堀部安兵衛《ほりべやすべえ》の高田馬場《たかだのばば》、牛込《うしごめ》の浄瑠璃坂《じょうるりざか》、王子の飛鳥山」

「どこもけっこう遠いですな。近場ではありませんか」

「さあ、寺社の敷地ならどこでも広くて向いていますが、坊さんや神主に無断で果たし合いなんてできません。前もって届けなきゃ、神仏の罰が当たって役人が飛んできますよ」

「そりゃそうでしょうな」

「あとは、護寺院ケ原《ごじいんがはら》か、夜鷹の出る采女ケ原」

「ああ、胴斬りのあった采女ケ原、あの瓦版、けっこう売れたでしょ。評判でしたから」

「ありがとうございます」

「だけど夜鷹が出没するような場所で仇討ちがあるでしょうか。果たし合いで商売の邪魔されたら、夜鷹たち怒りませんかね」

「そりゃそうですね。うーん、仇討ちのありそうな場所。日本堤《にほんづつみ》あたりが穴場かもしれません」

「日本堤ですか」

「浅草田圃の先、吉原の大門近く。ま、仇討ちがほんとにあればの話ですが」

湯屋から帰って、久助の世話で晩飯を食って、酒を少し飲んで、二階でぼんやりと過ごす勘兵衛。

さて、今回の世直し、どうやって仇討ちを仕込むかな。前もって場所を決め、見物が少しは集まりそうな場所。思い浮かばない。屋敷勤めの折は小石川から他へ出たことがほとんどなくて、江戸の町のことも全然知らなかった。昨年の八月に長屋の大家になって、すっかり町人が板についたが、まだまだ知らないことが多い。長屋のみんなが助けてくれるから、なんとかなっているが。

「旦那様」

久助の声。

「なんだい」

「お京さんとお梅さんがいらっしゃいました」

「おお、上がってもらいなさい」

「はい」

とんとんと階段を上がってくるお京とお梅を見て、勘兵衛は声をあげる。

「おおっ」

お京は身分の高そうな武家娘。お梅は武家の奉公人の姿。

「ふたりとも、見違えたよ」

「ふふ」

お梅の手に盃の載った盆。お京は徳利を提げている。

「大家さん、久しぶりに一杯やりましょう。伏見のお酒」

「はは、久しぶりもなにも、つい晦日に飲んだばかりじゃないか」

「ですけど、今日は三人だけで、ゆっくりと飲みたいの。ねえ、お梅さん」

お京に言われて、お梅もうなずく。

「そうですよ。あたしも、ごいっしょしたいです。この前はおふたりだけで飲んでたんでしょ」

「ありゃ、だいぶ前だよ。お京さんとふたりで飲んだのは、去年の冬だった。ねえ、お京さん」

「そうだったかしら。まあ、今夜はゆっくりとやりましょうよ。うまく絵師の秀月を引っ掛けて、手筈を整えてきましたから」

膝を叩く勘兵衛。

「そうだったのかい。その格好を見れば、おおよその見当はつくけど」

「いいでしょ。この晴れ姿。大家さんに見てもらいたくて、着替えないできちゃった」

「あたしは女中ですから、晴れ姿でもなんでもないですけどね」

お梅が苦笑する。

「で、どうやったんだい」

「まあまあ、大家さん、一杯どうぞ」

お梅に注がれて、ぐっと飲む勘兵衛。

「ああ、うまい。夏はやっぱり冷《ひ》やがおいしい。で、よほどうまくいったんだね」

「はい、秀月が町娘を引っ掛ける手口はわかってましたから。この前、弥太さんが大黒屋の天井裏で仕入れてきた話では、若旦那の庄太郎、そろそろ町娘に飽きて、武家の娘がなんとかならないかなんて、そんなわがままなことを言ってたそうで」

「そこでお京さん、今回はお武家のお嬢様かい」

「はい」

「あたしはお供の女中ですけどね」

「貫禄あるねえ。お梅さん、その格好でも」

「そうですか。お京さんとふたりで、だいぶ打ち合わせはしましたので。お京さん、ほんとにきれいよ。どう見ても十八、九。せいぜい二十。ほんとの歳は知らないけど」

にやりと笑うお京。

「ほんとも嘘も、そんなものよ」

「ふふ、そうでしょうとも。あたし、この格好でお京さんの後ろにくっついて深川を歩いていたら、道行く人がちらちらとお京さんを見てるんですよ。ほんとにお武家のお嬢様に仕えてる女中になった気分でした」

「半ちゃんほどじゃないけど、あたし、なんにでも化けます。そのうち夜中に化けて出たり」

肩をすくめる勘兵衛。

「そいつは怖いな」

「まず、秀月をうまく乗せました。明後日、九つに旗本の娘お千代になって、冬木町の秀月の家に行きます。美人画を描いてもらいに」

「いつもの出合茶屋じゃないんだね」

「出合茶屋だと、他にもお客や奉公人がいて、動きにくいでしょ。それで、あたしのほうから、先生の家にしてくださいって頼んだんです。秀月は女房も奉公人もいない独り暮らしですから」

「そこに庄太郎が隠れて、おまえさんを毒牙にかけるという寸法だね」

うなずくお京。

「でも、ひとつ心配なのは、あたしが化けた旗本娘に秀月が本気で惚れ込んだみたいで、庄太郎に声をかけず、ほんとにあたしの絵を描いたらどうしようかと」

「なるほどなあ。それもあるかもしれない。そのときは、お京さんの美人画が浮世絵になって出回るわけだね」

「困るわ」

「よし、じゃあ、また弥太さんに頼んで、庄太郎の動きを見張ってもらおう。庄太郎が秀月の家に行って潜んでいることがわかれば、お京さんが動けばいい。秀月しかいないところに出かけていって、絵を描いてもらったって、しょうがないからな」

ぷっと膨れるお京。

「どうせ、あたしなんか、美人画にはなりませんからね」

「いや、お京さんは美人画になるよ。歩くだけで絵になる美人だから」

「ほんと。お世辞でもうれしいわ」

「ほんとだとも。そうだよね。お梅さん」

「はい、そうですとも。お京さんは美人のお嬢様で、あたしは不機嫌な年寄りの女中が似合いますから」

今度はお梅が顔をしかめる。

「いや、お梅さんは、しっかりしてるよ。武家の女中よりも大店《おおだな》のおかみさんが似合ってる。花見のときなんて、わたしはほんとに自分に女房がいたら、お梅さんみたいな人かなあと、そんなことをふと思ったぐらいだ」

「大家さん、お上手ですねえ。あたしもその気になりますよ」

「まあ、一杯いこう。前祝いだ。明後日の段取りは明日のうちにみんなで相談しよう。あとは仇討ちをどう仕掛けるかだが、大黒屋庄兵衛、うまく引っ掛かってくれるかな」

「旦那様」

また久助の声。

「なんだい」

「玄信先生がいらっしゃいました」

「おお、上がっておもらい」

「へーい」

とんとんと階段を上がってくる玄信。

「おや、みなさん、おそろいで一杯ですかな」

お京が愛想よく言う。

「先生もどうかごいっしょにどうぞ」

「お京さん、ありがとう」

「先生、なにか面白いネタでも見つけましたかな」

「あっちこっちうろうろしまして、仇討ちに持ってこいの場所、見てきました」

「どこです」

「浅草、新吉原、日本堤」

「まあ、先生ったら、吉原ですか。遊んでたんでしょ」

「いや、そういうわけじゃなくてね。高田馬場や飛鳥山だと遠すぎるし、武家地は剣呑、下町は江戸の真ん中すぎる。そこで浅草田圃のちょいと北で、お上もそうは目を光らせていない場所。広すぎず狭すぎず、何人かで斬り合うにはぴったりじゃないかと思いましてね」

「うむ。先生がそうおっしゃるなら、それでいきましょう」

「討たれる側の段取りはどうです」

「あたし、絵師の秀月と明後日に約束したんで、間もなくですよ」

「じゃ、わたしは馬喰町の原田さんと打ち合わせだな。場所は決まりですから、あとは日にちをどうするか、それは明後日のお京さん次第ですね」

「はい、お任せくださいな」

「で、いよいよ決まったら、原田さんを勝たせなきゃなりませんよ。どうしますかな、先生」

「向こうは無頼の助太刀をたくさん引き連れてくるかもしれませんね。原田さんにも助っ人がいりましょう。うん、ここはひとつ死神さんに助けてもらいますかな」

「まあ、死神さん」

お梅がうなずく。

「喜ぶでしょうね。人を斬るのがお好きだから。先生、おひとつどうぞ」

三

深川仙台堀《せんだいぼり》の南にあたる冬木町は増林寺《ぞうりんじ》、海福寺《かいふくじ》、心行寺《しんぎょうじ》などいくつかの寺が並ぶ裏手に面しているので、寺裏《じり》とも呼ばれている。

「ああ、待ち遠しいけど、ほんとに来るのかい。そのお嬢さん」

寺裏の師匠、板川秀月の家で昼前から酒を飲む大黒屋の庄太郎。

「来ますよ。若旦那、酒はほどほどにしたほうがいいです。あんまり酒臭いと、隠れてるのがわかっちゃいますから」

「そうだな。でも、あたしは素面《しらふ》じゃ、あんまり楽しめなくてね。少しぐらい飲んでたほうが、気持ちよくできるし、あたしが気持ちよくなれば、女だって気持ちいいだろう」

「まあ、それぐらいにしといてください。もう、そろそろ九つですよ」

「そうかい。わかった。だけど、師匠。おまえさん、ほんとに女たらしの腕は天下一品だね。今日の女、とびきりの上玉なんだろう」

「はい。あんなきれいで上品なお嬢さん、わたしは初めてですよ」

それは本心である。

「ふうん、うれしいねえ。旗本のご息女なんて、あたしも初めてだ。なんて名前だっけ」

「お千代様です」

「そうそう、お千代様。いい名だねえ。生娘かな」

「嫁入り前の旗本のご息女ですから、おそらく男を知らないでしょうね」

相好《そうごう》を崩す庄太郎。

「顔も体もいいんだろ」

「とびきりの別嬪で、体つきもしなやかそうです」

「絵師は女を見ただけで、裸の姿まで浮かぶらしいけど、おまえさんもそうかい」

秀月は首を傾げる。

「どうだろう。わたしは枕絵ばっかり描いておりましたから、たいていはどんな厚着をしていようと、およその見当はつきますが、なにもかも見えるってわけじゃないなあ」

「着物の上から裸が見えたりしたら、脱がせる楽しみが薄れるもんな」

「そうかもしれません」

「で、その上玉の生娘、やっぱり、ご身分あるお嬢様だけあって、下々の出合茶屋はいやじゃ。そうおっしゃったんだな。ここで師匠とふたりきりになって、絵を描いてもらいたい。きれいで上品で生娘かもしれないが、おまえさんとしっぽりいい仲になりたい。そんなところじゃないのかねえ」

「さあ、どうでしょうか」

おそらく、あの娘は自分に気があるようだ。そう秀月は思っている。あんなきれいで上品な武家娘が間もなく獣のような若旦那に蹂躙《じゅうりん》される。

「おまえさん、ほんとにもてるからなあ。あたしと違って。次々といい女がおまえさんに言い寄るんだろ。うらやましいなあ」

「ですが、若旦那。お楽しみはいつも、若旦那のほうですから」

「あ、そうか。おまえさんはあたしが楽しんでるのを、ただ横から見て、絵にするだけだ」

「それがわたしのなによりの楽しみですので」

「変わってるね。あたしはおまえさんと知り合って、ほんとにうれしいよ。こうして、いつも上玉をものにできるんだから。しかも、上品なお旗本のお嬢様と出合茶屋でなく、この家でだよ。ここなら女中も番頭もいないから、一晩中、好きなだけ楽しんでもいいよね。なんなら、居続けてもいいか」

「どうぞ、お好きなだけお楽しみください」

「ありがとうよ。上玉のお旗本の生娘、へへ、一晩と言わず、一日でも二日でもかけて、色事の四十八手、全部試してみようか。そうなると、お嬢様、もうあたしから離れられなくなって、どうぞ、お嫁にしてくださいなんてね。なら、大黒屋の嫁にしてやってもいいな。おとっつぁんから、早く嫁を貰えなんて、やいのやいの言われて、いやになってるんだよ」

「どうぞ、お好きに。若旦那、そろそろ」

「うん、師匠。おまえさん、ほんとに役立つねえ。そろそろ刻限か。じゃ、あたしは向こうに引っ込むから、あとはよろしく」

「お任せくださいな」

庄太郎が奥に引っ込んだので、秀月は酒の徳利や盃を片付ける。

若旦那は俺のことを役に立つなんて言ったが、役に立ってるのは若旦那、あんたのほうだ。美人画もいいが、やっぱり枕絵が俺の性分に合っている。上品で清らかで美しいお千代が、下衆でいやらしい獣に抱きすくめられ、着物を剝ぎ取られ、犯される場面を事細かく絵にすることが、どれほどの悦楽か。あんたのおかげで、俺はしあわせだよ、若旦那。

九つの鐘が鳴った。約束の刻限だ。秀月は絵の道具を揃えて、待ち構えた。

「ごめんくださりませ」

来たな。

秀月が戸口を開けると、豪華な夏振袖の美女が頭を下げる。お京が化けた旗本娘である。

「ようこそ、お越しくださいました。お千代様。おひとりでいらしたのですね」

「もちろんですわ」

「さあ、おあがりくださいませ」

「お邪魔いたします」

秀月は戸口をしっかりと閉じて、お京を座敷に招じ入れる。

「ここはすぐにわかりましたか」

「はい、冬木町、教えていただいた通りにまいりました」

「おひとりでお供もつけず、よくお屋敷を出られましたな」

「先日の供の者、訝《いぶか》しんでおりましたが、本日は八幡様に願掛けに参るゆえ、供は不要と申しましたので」

「願掛けとはよい思いつきでございますな。お疲れではございませんか」

「本所からここまでは、思いのほか近うございますわね。疲れてなどおりませぬ」

「では、さっそく取りかかりましょう。よろしいですかな」

「はい」

「そのお衣装も艶やかでございますが、絵の工夫もございますので、こちらに着替えていただけますか」

秀月は着物や帯の入った乱れ籠を差し出す。

「はい、ここで着替えますの」

「いいえ、そちらの間でお願いいたします」

唐紙を開けて隣の間へお京を誘う秀月。

「着替えがお済みになられましたら、お声かけ願います」

すっと唐紙を閉めて、待つことしばし。

「あれえ」

お京の悲鳴。おお、始まったな。

「どうなされました」

すっと唐紙を開けると、下帯ひとつの庄太郎が口から泡を吹いて倒れている。

「これはいったい」

「先生、どうしましょう。わたくしが帯を解こうといたしましたら、いきなり、この者が飛び出してまいりまして」

「それで」

「ふんっ、当て身を食らわせたら、口から泡を吹きやがったのさ」

「ええっ」

お京の口調が変わったので、驚く秀月。

「お千代様、大丈夫でございますか」

「あたしは平気だよ。先生、おまえさんもひどい男だねえ。あたしが、こんな野郎に手込めにされるところを描こうとしてたのかい」

旗本のご息女と思っていたが、あまりに伝法すぎる。

「おまえは、ほんとうにお千代様なのか」

「そんなわけないだろ」

「いったい何者だ」

「だれだっていいさ」

お京は外の戸口に向かって声をかける。

「旦那、出番ですよう」

「おう」

戸口を開けて、町奉行所同心に化けた半次、手先の御用聞きに化けた二平と弥太郎が入ってくる。

「板川秀月、御用だ。神妙にお縄につきな」

慌てて逃げようとする秀月を殴り、するっと取り縄をかける二平。

「逃げても無駄だぜ」

弥太郎は気を失ったままの庄太郎を縛る。

「お千代、ご苦労だったな。おまえはもう帰っていいぜ」

「はい、旦那、じゃあ、あとはよろしく」

お京は戸口から出ていく。

「寺裏の師匠。またの名を不行十時。名は体を表すっていうが、ジリ貧の不行き届きはてめえのことだ。今月は南の月番だが、新しい北のお奉行様は枕絵が大嫌いで、取り締まりが厳しくなってな。てめえ、なかなかいい男だから、伝馬町《てんまちょう》じゃ、男たちになぶられるかもしれねえぜ」

「俺を牢に入れるのか。枕絵だけじゃ、手鎖がいいところだろう」

「旦那、ここにはたくさん下絵もありますぜ」

弥太郎が枕絵の下絵や摺物をまき散らす。

「ああ、そうだろう。おい、そこで気を失ってる大黒屋の若旦那といっしょになって、女を騙し、手込めにして、それを枕絵に描いてやがったな。全部お見通しだぜ」

「俺をどうする気だ」

半次は腰の帯から十手を抜いて、にっこり笑う。

「こうする気だ」

鉄の十手が秀月の頭に叩きつけられる。

「うぐっ」

気を失う秀月。

「二平さん」

「なんだい、旦那」

「例のお梅さんの薬。こいつら、息を吹き返す前に飲ましてやっとくれ」

「はいよ」

易者の恩妙堂玄信が馬喰町の宿屋を訪ねると、帳場で原田時次郎は目を輝かせた。

「先生、いかがなりましたでしょうか」

ゆっくりとうなずく玄信。

「お喜びなさい。上々吉の卦が出ましたぞ。必ず本懐は遂げられます。それも間もなく」

「おお、ありがとうございます」

「詳しいことをお伝えしたいのですが」

「はい、ここで立ち話というわけにもいかず、以前の拙者ならば、あの居酒屋で一献となりますところ、実は、あれから酒を断っておりまして、本懐を遂げるまでは飲まぬ覚悟でおります」

「それは殊勝なお心掛け。必ずや大願成就ですぞ」

「この宿は相部屋ですが、今は拙者ひとりゆえ、ゆっくりとお話をうかがえます。座敷へどうぞ」

「それでは、お邪魔しますよ」

時次郎は帳場の女将《おかみ》に声をかける。

「女将、客人なので、拙者の座敷に茶を頼みますぞ」

「かしこまりました」

座敷は本来四人部屋らしいが、たまたま二、三日前から同宿の者が出立し、今はひとり広々と使っているとのこと。

間もなく女中が茶を運ぶ。

「すまんのう」

「どうぞ、ごゆっくり」

女中が立ち去ったので、玄信はさっそく切り出す。

「先日うかがった方位が決め手となり、敵は知れました」

「では」

「大黒屋庄兵衛が瓜生嘉右衛門に間違いありません。せがれの庄太郎が瓜生幸之助でございます」

「おお、ありがたい。やはりそうでしたか」

「いかがなさいますかな」

「すぐにも討ち果たしたい」

「さようですな。易経で吉日と方位を選びましたが、どうでしょう」

「吉日と方位ですか」

「はい、闇雲に討とうとしても、相手は相当にしたたかです。果たし状を送りつけても、あなたに仇討ち免状のないことを逆手に取り、しらばくれるか。あるいは密かに店を畳んで逃亡するかもしれません」

「それは困る」

「わたしが及ばずながら、仇討ちのお手伝いをいたしましょう」

「先生が」

「方位、日時、その他結界《けっかい》を張り巡らせ、敵をがんじがらめにして、仇討ちの場に引き寄せ、あなたに討たせます」

「そこまでしていただくとは」

「初めて、あの居酒屋であなたの人相をお見受けしたときから、その吉相、強く惹かれまして、よほどの強運をお持ちと判断いたしました。この上は行きがかり上、なんとしても成就なされるのを見届けたい。それにはさらに運を導くお手伝いをいたしたいと存じます」

「しかし、どうすれば」

「わたしの立てました卦によりますと、吉日は四月八日」

「二日後ではありませんか」

「刻限は朝の五つ、辰《たつ》の刻《こく》です。辰があなたに味方しますので」

「はあ」

「方位からすると、ここから北方、浅草新吉原の日本堤がよろしかろう」

「新吉原ですか」

「日にち、刻限、方位が決まれば、まず成就間違いなしですぞ」

「わかりました」

時次郎は深々と頭を下げる。

「では、原田さん、さっそく大黒屋こと瓜生嘉右衛門に仇討ちの果たし状を書くのです」

「果たし状ですか」

「はい、四月八日の辰の刻に新吉原日本堤にて待つ。五年前に殺されたお父上、ええっと」

「原田十兵衛です」

「うん、その十兵衛さんの敵を討ちたいので、尋常に勝負するようにと」

「尋常に勝負するでしょうか」

「そこはうまくお書きなさい」

「弱ったな」

「どうしました」

「書状はどうも苦手《にがて》でして」

「なんです」

「文案が浮かばず、字も汚くてねえ」

玄信はにやり。

「うーん。わたしでよければ、代筆いたしましょうか」

「先生が」

「仕事柄、書き慣れておりますから」

「えっ、易者の先生が仕事柄」

慌てる玄信。

「うむ。書には言霊《ことだま》があり、運を左右しますので、幸運に通じる書を認《したた》めれば大吉となります。相手が必ず承諾する果たし状を書きましょう。運を呼ぶわたしの助言に従っていただければ、万事、うまくいきますよ」

「わかりました。果たし状も、場所も日取りもすべて先生にお任せいたします」

「よろしい。決行の日まで、大黒屋の動き、わたしが卦を立てて、逐一わかるようにいたします。大黒屋こと瓜生嘉右衛門には邪《よこしま》な取り巻きがおりますな」

「たしかに、ならず者どもが幸之助についておりましたが、それでしょうか」

「仇討ちとなれば、大黒屋は助太刀を集めるでしょうな」

「たかがならず者ごとき、なんとか片付けます」

「まずは瓜生嘉右衛門とせがれの幸之助を倒すことが第一です。幸之助の剣はあなたの相手ではありませんな。しかし、嘉右衛門はかなりできそうだ。邪悪な者どもをひとり残らず片付けるには、さらなる強運を呼び寄せることが肝心」

「さらなる強運ですか」

「うむ。おお、不思議ですな。あなたを守護する霊力が近づいております」

「守護する霊力。それは先生のことですね」

「いや、そうではない。それがあなたの大願を成就させる助けとなりましょう」

すっと隣室の唐紙が開く。

「卒爾《そつじ》ながら」

青白い顔の浪人が姿を現した。

「拙者、諸国を武者修行しております高萩左門《たかはぎさもん》と申す。昨日よりこの宿に投宿しておりましたが、今、仇討ちの話、失礼は承知で薄い唐紙越しに耳にいたしました。泰平の世に仇討ちとは、なんたる見上げたお志《こころざし》。修行中の腕試しに、ぜひとも助太刀させてはくださるまいか」

玄信は大きくうなずく。

「原田さん、このご浪人のお顔、強い運勢をお持ちです。しかも、おふたりの相性、なによりも強い吉運となりましょう」

「ほんとうですか、先生」

「これこそ大願成就の巡り合わせ。逃してはなりませんぞ。仇討ちの場所と日取りは決まっております」

時次郎は武者修行の高萩左門と名乗る浪人に頭を下げる。

「高萩殿。拙者の助太刀、お願いできましょうか」

「はい、お許しあれば、いつでも」

旅の浪人に扮した橘左内は満足そうにうなずき、矢立と巻紙を取り出す。

「仇討ちの果たし状、さっそく、これに認められてはいかがですかな」

「おお、これはかたじけない。今日のうちに、大黒屋に届けましょう」

四

今川町の大黒屋の奥座敷。苦々《にがにが》しい顔で書見をしている庄兵衛。

「旦那様」

「ああ、番頭さんかい。お入り」

年配の番頭が唐紙を開ける。

「夜分、失礼いたします」

「なんだね」

「たった今、書状が届きましたが」

が」

「届けに来たのが、遊び人で、またいつもの岡場所からの勘定の催促かと思われます

「え、どこから」

「しょうがないねえ。庄太郎は」

「若旦那はまだお帰りじゃありません。昨夜もお帰りじゃなかったんで、その使いかもしれませんね」

「ああ、いつもながらの夜遊び、いやになるね。そこへ置いといておくれ。おまえさん、遅いから、店はもういい。休んどくれ」

「ありがとうございます。お休みなさいませ」

「うん、お休み。ご苦労さん」

書状を手に取る庄兵衛。宛名も差出人もない。

ああ、せがれにも困ったもんだ。なんだろうね。そう思って中を開いて驚く。

果たし状の文字。瓜生嘉右衛門殿。

なんだ、こりゃ。

五年前、父原田十兵衛を殺害された恨み。その後、母も妹も自害した。

原田十兵衛、あのときの勘定方か。

御用金の横領、伊勢崎町の火付け、そのほうの罪状はすべて判明しておる。二日後の四月八日、辰の刻。浅草新吉原の日本堤にて尋常に勝負せよ。助太刀は勝手次第。勝敗は時の運。理非は勝者にあり。拒んで姿を現さぬ場合は、非を認めたと断じ、せがれ幸之助の首を衆人に晒し、高札を立てて瓜生親子の非道な所業、洗いざらい、天下に示す。以上、原田十兵衛が一子、原田時次郎。

うーん。これだけ詳しく存じておるとは、ただの悪戯《いたずら》とは思えない。

五年前、十兵衛の亡骸《なきがら》は原田の家に投げ込んだ。原田時次郎、そのような息子がいたことは知っているが、まさか仇討ちなどとは。

原田十兵衛は御用金横領の罪で大目付に追及され、歯向かって成敗されたことになっている。仇討ち免状が許されるわけなかろう。

まずは仁吉に庄太郎の消息を調べさせよう。見つかれば、今度はだれの仕業《しわざ》かを洗い出し、原田時次郎ならば、これを始末する。それ以外に何者かが動いておるようなら、それも見極めて片付けねばならぬ。

そして、庄太郎が見つからぬときは、四月八日に決着をつける。敗者に理はない。勝ちさえすれば、こちらの正義が通る。仁吉に手の者を集めさせよう。助太刀勝手次第とのこと。久々に剣を振るいたくなった。向こうに何人助太刀がいようと、みな斬って斬って斬りまくってやるまでじゃ。

異様な臭気で目が覚めた。

大黒屋庄太郎こと瓜生幸之助は頭がぼんやりして、自分がどこにいるのかわからなかった。下帯ひとつの裸のまま手足を縛られ、床に転がっている。悪臭は自分自身で垂れ流した排泄物だった。

ぼんやりと思い出したのは、冬木町の板川秀月の家に行ったこと。そこで旗本娘を手込めにして、秀月に枕絵を描かせる。そのために家の奥で下帯ひとつで潜んで待ち構えていたのだ。女が到着し、着替えのため座敷に入ってきた。が、なかなか着替えようとしない。それで女の前に飛び出したら、そこからなにも憶えていない。いったいなにがあったのか。

幼い頃は父にいつも折檻されていた。仮名のいろはをようやく覚えた頃、父の前に座らされ、『小學《しようがく》』を読まされた。読み間違えると殴られ、詰まって黙り込むと罵声が飛んだ。それで学問がいっさい嫌いになった。

剣術も父の手ほどきで木刀を握らされ、打たれた。そんなことでどうする。一人前の武士にはなれんぞ。剣の道も諦めた。

父の前ではいつもびくびくして、小さくなっていた。

生まれたのは城下から離れた山村だった。父に正妻はなく、山育ちの女中を妾にして、孕んだので里に帰したと聞いている。そこで生まれたのが幸之助だったのだ。産後の肥立ちが悪く、母は間もなく他界する。

生後はずっと母の里で育ったが、五歳で城下の父の屋敷に引き取られ、他に子がなかったので嫡子となった。

瓜生家は家老に次ぐ名家で、国元で大目付の職にあった。十六で元服。諱《いみな》は信幸《のぶゆき》となったが、通称は幸之助で通す。

元服後は父からさほど強く叱られなくなり、放蕩が始まる。城下外れの茶屋町で酒と女に溺れる日々。大目付瓜生嘉右衛門の跡継ぎということで、周囲はけっこうちやほやした。

父はなんとか落ち着かせようとし、縁談を画策した。が、なかなか決まらない。どうせなら、城下でも名高い美女がいい。勘定方組頭原田十兵衛の娘、小夜との縁組、あっけなく断られた。大目付の話を断って、軽輩を選ぶとは。茶屋で知り合った飲み仲間の無法者、仁吉に愚痴をこぼしたら、うまい手を考えてくれた。小夜をかっさらえばいいと。俺との祝言を断って、軽輩に嫁ぐとは許せん。俺の言うことを聞け。小夜は生娘だった。茶屋で仕込んだあの手この手でさんざん弄んだ。

その翌日、原田十兵衛が乗り込んできおって、父に斬られた。どう始末をつけるかと思っていたら、父は見事に解決した。大目付の立場を利用し、原田十兵衛が御用金を横領した疑いがあるので調べると理屈をつけ、仁吉たちを小者に仕立てて御金蔵に入り、まんまと五千両を奪い取ったのだ。

その金で江戸に出て、旧知の三河屋の世話で材木商となり、栄耀栄華。しかも、国元での一件に疑いを持つ三河屋を仁吉を使って始末し、伊勢崎町を焼き払い、土地を丸々手に入れた。父の極悪非道ぶりに比べれば、俺の女遊びなんて、可愛いものよ。

だけど、ここはいったいどこだろう。

「若旦那、気がついたようだな」

優男《やさおとこ》が声をかけた。

「あ、師匠かい」

「わあ、ひどい臭いだ。これじゃ、おまえさん、もてないだろうな」

後ろには大男が立っている。

「師匠。そっちにいるのは安五郎かい。助けに来てくれたんだね。早く縄を解いておくれ」

「若旦那、ここは寺裏の師匠の家だけど、あんな野郎に間違えられてたまるか」

優男は徳次郎、大男は熊吉だった。

「うっ、臭くてたまらないな。今、きれいにしてやるよ」

熊吉が桶の水を庄太郎にざんぶりとかける。

「ひええ」

庄太郎が叫ぶ。

「静かにするんだな。おまえさん、これから吉原まで行くんだよ。下帯ひとつじゃ様にならないねえ」

「ここに着物がありますよ」

熊吉が脱ぎ捨てられた着物を見つけて、裸で縛られたままの庄太郎に羽織らせる。

「じゃ、駕籠《かご》まで行こう」

熊吉に抱えられ、土間まで来ると、粗末な竹の唐丸駕籠《とうまる》が置かれている。

「あれれ」

庄太郎は首を傾げる。

「吉原へ行くのに、なんだい、その駕籠は」

「唐丸駕籠だよ、若旦那」

「あ、おまえ、安五郎じゃないな。おまえたち、なんの趣向だい」

「だから、吉原の使いだよ。これから吉原まで連れてってやる」

熊吉が庄太郎の革財布を見つける。

「こりゃ、すごい。たっぷり入ってますよ」

「俺の財布、どうする気だ」

熊吉からずっしり重い財布を受け取り、中を数える徳次郎。

「小判で十二両はあるな。これだけありりゃ」

徳次郎はふと思案して、熊吉にそっと囁く。

「いいこと思いついたよ、熊さん。吉原の前にこの金で散財するってのは」

熊吉が首を傾げる。

「どうするんです」

「あたしは女をいじめるやつが大嫌いでね。こいつに鼻を潰された芸者が釆女ケ原で夜鷹になってるって話」

「ああ、お京さんが言ってましたね」

「明日の仇討ちの前に、ちょいと釆女ケ原に寄り道して、その芸者がいたら、鼻の仇討ちってのはどうだろう」

「ふふ、徳さんらしいや」

にやりと笑う熊吉。

「おい、なにこそこそ相談してるんだ。おまえたち、あたしを吉原に連れてってくれるんだろ」

「吉原は明日の朝だよ。今夜は采女ケ原でお楽しみだ」

「おお、そいつはいいねえ。どうでもいいけど、早く縄、解いておくれ」

「向こうへ着いたら解いてやるよ。これだけ金がありゃ、死出の旅路の前、いい供養になるぜ」


浅草聖天町《しょうでんちょう》から三ノ輪《みのわ》まで続く日本堤、その中央あたりに衣紋坂《えもんざか》があり、日本堤といえばだれしも吉原を連想する。

仇討ちの果たし合いは明け六つから一刻あとの辰の刻。

早朝の土手で三人の男が陣取り、虎視眈々《こしたんたん》と周囲を窺っている。

鉢巻に襷《たすき》掛けの原田時次郎、同じく鉢巻に襷掛けでいつものガマの油売りの扮装の橘左内、今日は助太刀の高萩左門と称している。もうひとりは着流しに黒い長羽織、帯に朱房の十手を差し町方同心に化けた半次である。

横には粗末な唐丸駕籠。中に大黒屋庄太郎こと瓜生幸之助が呆けた状態で入れられている。昨夜、采女ケ原で夜鷹たちから殴られ蹴られ、鼻を潰され、さんざん痛めつけられて、ぐったり気を失っている。

「あ、来たようです」

浅草方面から武装した武士、大黒屋庄兵衛こと瓜生嘉右衛門が加勢の男たちを引き連れて乗り込んでくる。

嘉右衛門は時次郎と向き合う。

「来たな、瓜生嘉右衛門」

「待たせたな、原田時次郎」

「あいや、しばらく」

同心に扮した半次が間に入る。

「拙者、南町奉行所同心、山下小平次《やましたこへいじ》と申す。本日は果たし合いとのこと、立ち会いいたすが異存なかろうな」

嘉右衛門が頭を下げる。

「ご苦労に存ずる。まず、拙者のせがれ瓜生幸之助がそちらにおるので、お引き渡し願えましょうか」

「承知いたした」

半次が時次郎に囁き、唐丸駕籠からふらふらとよろけて出てくる幸之助を助け起こし、嘉右衛門に引き渡す。

「幸之助、しっかりいたせ」

「あ、おとっつぁん」

潰れた鼻をふがふがさせる幸之助。

「馬鹿者」

嘉右衛門は仁吉に目で合図し、子分の安五郎が幸之助を抱えて立たせ、ふたつの陣営が向かい合う。

見返り柳まで出てきた朝帰りの遊客が足を止め遠巻きにしている。

尻端折りして十手を手にした二平が遠巻きの輪を牽制する。

「これから町方の旦那が立ち会いなすっての仇討ちだ。真剣勝負だから、それ以上近づいちゃ、怪我するぜ」

浅草寺《せんそうじ》弁天山《べんてんやま》の鐘が鳴り響いた。いよいよ五つ、辰の刻である。半次が朱房の十手を振り上げた。

静かに刀を抜く時次郎と嘉右衛門。加勢のならず者、仁吉と五人の子分、長脇差を構え嘉右衛門に向き合う時次郎を取り囲む。幸之助だけは後ろで安五郎に守られながら刀を手にぼんやりと突っ立っている。

「多勢に無勢とは、いささか卑怯ではござらぬか」

左内が嘉右衛門を睨みつける。

「痩せ浪人がなにを申す。孫子《そんし》の兵法をご存知ないか。勝つための戦法に卑怯などない」

左内はいきなり安五郎に駆け寄り、抜き身で胴を斬る。血を吐き、宙をつかんでどすんと倒れる安五郎。

「おおっ」

群衆から歓声。

「おとっつぁん」

幸之助の怯えた声。嘉右衛門に時次郎の剣が向かうが、嘉右衛門は難なくはね返す。取り囲むならず者たち、じわじわと時次郎に長脇差を向ける。

「博徒ども、こっちだ」

左内の声に振り向くならず者たち。左内は瞬時に五人の子分を斬る。残るは嘉右衛門と仁吉と幸之助。

「やるねえ。おまえさん、俺は命が惜しいから抜けるぜ」

「卑怯者め」

睨む嘉右衛門。

仁吉は刀を構え合うふたりの前でぺこりと頭を下げる。

「いいじゃありませんか、旦那、助太刀する義理なんぞありませんぜ」

「勝手にしろ」

仁吉は立ち去る振りをして、いきなり時次郎に匕首《あいくち》を向け、突っ込んでいく。

ずばっと半次の刀が仁吉の背中を斬る。

「ほんとに卑怯なやつだな」

「うっ、町方のくせしやがって」

こと切れる仁吉。

「嘉右衛門、父の敵、覚悟いたせ」

「ふん、青二才め」

しばしにらみ合った後、時次郎がさっと駆け寄り、えいっと気合もろともに剣を振り下ろす。わずかに右に開いて、一撃をがしっと受け止める嘉右衛門。激しく打ちあうが、嘉右衛門が優勢である。

「わしに勝てるとでも思うておるのか」

左内が言う。

「そうだな。勝つためには卑怯な手などない」

ぼんやり立っている幸之助に近づき、左内がその首をはねる。幸之助の首が飛び、嘉右衛門の前に落ちる。

「おお、幸之助」

「これぞ、孫子の兵法であるぞ」

「おのれ」

怒りで左内を凝視する嘉右衛門。

「今じゃ」

左内の声で、瞬時に時次郎の剣が嘉右衛門の胸を貫く。

「うう」

倒れる嘉右衛門。

「わあい、やったぜえ」

群衆の声が日本堤に響き渡った。

「お見事でござる」

左内に言われ、時次郎はうなずく。

「高萩殿。ご助勢、かたじけのうございます」

「よい腕試しになりました。拙者、武者修行に旅立ちます。これにて」

「さようですか。ご武運をお祈りいたします。どうぞお達者で」

立ち去る左内。半次が時次郎に言い渡す。

「ご本懐、おめでとうござる。刀を納め、これより南町奉行所へ出頭なされよ」

「同心殿は」

「拙者、この場の片づけがござる。おひとりで参られるがよい」

「ありがとうございます」

「斬られたのが九人。拙者もひとり、加勢しましたが、拙者にも高萩殿にも迷惑ゆえ、ひとりですべて斬ったことになさいませ。よろしいかな。見物も多く、まず、評判になりましょう。鍵屋《かぎや》の辻《つじ》は十一人斬りでしたが、さしずめ原田氏は渡辺数馬《わたなべかずま》、高萩氏は荒木又右衛門《あらきまたえもん》、斬られた瓜生一党は河合又五郎《かわいまたごろう》、今様伊賀《いが》越え鍵屋の辻、芝居か浄瑠璃になりますかな」

日本堤の仇討ちは、その日のうちに江戸中に知れ渡った。

亀屋の二階に集まる長屋の店子たち。今夜は井筒屋作左衛門も同席し、労《ねぎら》いの言葉を述べる。

「みなさん、無事に終わりましたな。本日、四月八日は灌仏会《かんぶつえ》、飛鳥山の花見から始まった一件が灌仏会の花祭りで片付くとは、花に縁のある世直しとなりました。さっそくご家老様に報告しましたので、お殿様もさぞお喜びと思います。さ、みなさん、心ゆくまで無礼講とまいりましょう」

勘兵衛も一同を見回す。

「今回はみんな、ほんとにご苦労だったね。飛鳥山の花見と日本堤の仇討ち、隠密が目立ってはいけないんだが、なんとかなった。わたしもほっとしていますよ」

「よろしいですかな」

玄信が言う。

「灌仏会は釈迦如来《しゃかにょらい》の生まれた日です。その日に九人もの殺生、いかがなものかとは思いましたが」

「当たるも八卦で仇討ちの日を四月八日に決めたのは、先生じゃねえんですかい」

半次が茶化す。

「うん、順番に数えたら、そうなったんで、わざとじゃないけどね。なるほど、井筒屋さん、花で始まり花で終わる花見と仇討ち。わたしも密かに日本堤で見物いたしましたので、瓦版の題材にちょうどいいと思っております」

「玄信先生、あんまり派手に書きたてると、お上の目もあるから、穏便にお願いしますよ」

「心得ております。紅屋だって、一筆斎の正体は知りませんから」

「玄信殿には感心いたしした」

左内が言う。

「馬喰町の宿で書かれた果たし状、実に見事な出来栄え、思わず唸りましたぞ。さすが元祐筆でござるな」

「いやあ、左内さんにそう言ってもらうと照れますよ。それより左内さんの剣の腕、恐ろしいほど冴えておられますな。瞬時に五人の子分たち、そして瓜生のせがれの首がすぱっと飛んで、嘉右衛門の目の前にぴたっと落ちた。あの間合い、人混みの中から見ておりましたが、感服いたしましたぞ」

「あっしはあの場にいて、首が飛んだとき、思わず玉屋《たまや》って叫びそうになりました。自分が同心になってることも忘れて」

「拙者は灌仏会にたくさん殺生してしまい、ちと心苦しゅうござる。のう、半次殿」

「いえいえ。あっしはひとり斬っただけですぜ。それも背中から」

「まあ、半ちゃんも斬ったのね」

「そうなんだよ。お京さん。殺生しちまった」

「まあ、左内さんも半次さんも厄落としにぐっとやってください。伏見の酒」

「かたじけのうござる」

「ありがとうござんす」

「あの、あたしからもひとつ、花つながりで鼻にまつわる逸話がございまして」

徳次郎が言う。

「差し出がましいとは思いましたが、昨日の夜、冬木町まで熊さんと行きまして、若旦那を唐丸駕籠で日本堤まで連れていく段取りでしたが、あの野郎、革財布に十二両も持ってやがったんで、こないだお京さんから聞いた気丈な芸者が若旦那に鼻を潰されて釆女ケ原で夜鷹になった話、あれを思い出しまして、日本堤に行く途中、釆女ケ原に寄ったんです」

「まあ、徳さん、あの話、覚えていてくれたのね」

「ええ、十二両あれば、潰れた鼻、元通りに療治できるんじゃないかと思いましてね」

「そうよ。傷の具合によるけど、治ることもあるわよ。元通りにならなくても、きれいに見せることはお金でできるわ」

お梅が請け合う。

「そいつはよかった。それで、若旦那を釆女ケ原に連れていくと、いたんですよ。元深川芸者のお園さん」

「まあ」

「で、金を渡して、若旦那と遊んでくれって言いますと、喜んで、他の女たちもいっしょになって、殴る蹴る、とうとう顔を地面に何度も叩きつけて、若旦那の鼻を潰しました」

「なんだい、そうだったのか。それで今朝、野郎、ぐったりしてやがったんだな」

「そうなんだよ、半ちゃん。あの場じゃ黙ってたけどね。花見から始まり花祭りで終わった仇討ちですが、夜鷹のねえさんの鼻の仇討ちも一枚加えていただこうと思いまして」

「いやあ、徳さん、いいところに気がついたねえ」

勘兵衛が感心する。

「いえ、大家さん、勝手な真似をいたしまして、どうかお許しを」

「うむ。女人に優しい徳さんらしいね」

玄信も喜ぶ。

「庄太郎にひどい目にあった女たちの意趣返し、鼻の仇討ち、お見事ですぞ」

「先生、お恥ずかしい」

勘兵衛が弥太郎に尋ねる。

「ところで、弥太さん、浪人の原田さんはその後、奉行所に行ったんだろうね」

「はい、そっと跡をつけました。月番の南町のほうへ出頭しました。どういうお沙汰が出るのかはわかりませんが」

左内が顔を曇らせる。

「仇討ち免状もなく、身分は浪人ですからな。下手《へた》すると死罪であろうか。親の敵を討ったことが聞き取りでわかれば、遠島か所払い。浪人はつらい」

玄信もうなずく。

「気性は真面目だし、礼儀正しくて、少々酒好きみたいで毎晩居酒屋で飲んでましたが、わたしが本懐までは控えたほうがいいと一言《ひとこと》注意しますと、ぴたりとやめました。本人は敵さえ討てれば命はいらないなんて言ってましたが、志の高い若者が罪人になるのは、ちと気の毒な気もしますよ」

「お殿様がご老中ですから、死罪のお裁きがくだっても、ご協議の場でなんとかなるんじゃないかと、少しだけ期待しております」

　作左衛門の言葉にみなしんみりとなる。

「お裁きといえば、あたし、美人画になりそこねたけど、絵師の板川秀月、どうなりました」

　お京に言われて、弥太郎が応える。

「ああ、あの絵師はお梅さんの薬、南蛮酒を飲ませまして、枕絵の下絵全部集めて束にして、いっしょに引っくくって南町奉行所の前に転がしておきました。絵だけじゃなくて、女たちを食い物にしてた悪事もぼろぼろ露見して、すぐに大番屋に入りました。ご詮議はこれからですけど、手鎖じゃ済みませんね。よくて所払い、悪いと遠島でしょう」

「あら、いい男だから所払いなら、旅の絵師でけっこう女たらして歩くわね」

「お京さん、たらされなくて、残念でした」

　半次がにやり。

「もうっ、半ちゃんたら、嫌い」

「でも、見たかったなあ。お京さんの美人画」

「あたしも見たかったわよ。半ちゃんが人を斬るところ」

「うへええ」

江戸城本丸の老中御用部屋に月番の南町奉行より重罪人の御仕置伺いが届いた。

「ほう、死罪ひとり、遠島ふたりでござるか」

老中首座の牧村能登守を筆頭に、森田肥前守《もりたひぜんのかみ》、大石美濃守《おおいし》、宍倉大炊頭《ししくらおおいのかみ》、そして松平若狭介の五名で協議し、結果を将軍に伝えるのだ。将軍が承認すれば、刑は執行される。

大石美濃守が眉をひそめる。

「この死罪はいかがいたしましょう。盗んだのは七両三分二朱。ですが蕎麦屋《そば》の夫婦を殺して店の金を奪っております。しかも場所は三ノ輪、吉原で遊ぶ金が欲しかったが、十両盗めば死罪なので、七両三分二朱なら大丈夫かと思ったと申し開きしております」

「愚かしいのう」

牧村能登守が一同に問いかける。

「十両に満たぬとも、ふたりも殺害しておる。それも遊ぶ金ほしさゆえの凶行じゃ。

死罪は軽すぎると存ずる。いかがでござろう。獄門では」

「それがよろしゅうございますな。暮らしに困窮しての盗みではなく、吉原のために盗むとは。夫婦に子がいれば、鋸挽《のこぎりび》きでもかまわぬほどでございます」

森田肥前守が苦々しく吐き捨てるように言う。

「では、ご一同、獄門でよろしいかな」

「御意」

蕎麦屋夫婦殺しの盗みは死罪より重い獄門が確定する。

「次に遠島であるが、浪人が果たし合いで九名殺害とある。人殺しは大罪であるが、原田時次郎と申す浪人、仇討ちであったと申し立てておる。殺された大黒屋庄兵衛は元川津藩士瓜生嘉右衛門、五年前、せがれ瓜生幸之助が城下で婦女を犯し、訴え出た原田十兵衛を殺害、御用金を盗み、江戸で材木商となった。時次郎は父十兵衛の敵である瓜生親子と巡り会い、果たし合いを挑み、瓜生親子、加勢の博徒、合わせて九名を殺害。潔く町奉行所に出頭した。主君より仇討ちを許されておらず、浪人となって遺恨を晴らし、江戸を騒がした罪、遠島とのこと。いかがかな」

「申し上げます」

「若狭介殿、なんでござろう」

「その原田時次郎と申す浪士、五年の辛苦に耐え父の敵を討ち果たしております。その敵は原田の父を殺害し、公金を横領、討たれて当然の奸物《かんぶつ》。しかも原田は九人と対決し、ことごとく相手を倒す剛の者。遠島はちと厳しい沙汰ではございませぬか、江戸所払いはいかがでございましょう」

「他にご意見は」

「わたくしも若狭介殿に同意いたします」

宍倉大炊頭が言う。

「泰平の世に仇討ちとは、まれに見る孝士。島流しで朽ち果てさせるのは惜しい。所払いならば、その腕と孝心、活かせましょう」

「おお、大炊頭殿、よくぞ申された。わしも若狭殿に賛同いたす。ご一同、所払いとし、奉行に差し戻すが、ご異存ござらぬか」

「ございませぬ」

「能登守様、ありがとう存じます」

「うむ、次なる絵師板川秀月、淫らなる枕絵を多数作成し、風紀を乱すばかりか、絵に描きし女子を弄ぶこと限りなし。よって遠島を申し付ける。いかがかな」

「異存ございませぬ」

「では、これにて一件落着といたそう」

「御意」

昼飯のあと、勘兵衛は今日も閑なので、二階に上がってぼんやりしていた。大黒屋の一件にかかわる悪人たちは日本堤の仇討ちでほぼみんな殺され、絵師の板川秀月だけは遠島になった。まず赦免はないだろう。

仇討ちの顚末はすぐに何種もの瓦版となって噂が飛び交った。紅屋の瓦版が特に詳細で評判がよく、他の版元はけっこう紅屋を真似ていたという。

原田時次郎は江戸所払いを申し付けられたが、仇討ちは諸国でも評判となり、品川宿で待ち受けていた親戚や旧友と再会し、喜びを分かち合ったと伝え聞く。川津藩に帰参は無理だが、泰平の世の快挙、九人斬りは誉れでこそあれ、非難されることなく、仕官の口は引く手数多《あまた》らしい。

今川町の大黒屋は潰れたが、材木商の株仲間が伊勢崎町の百人長屋とともに公平に引き受けたようだ。大黒屋親子の悪評は広まり、仏の庄兵衛の名も大黒長屋の名と共に消えたとのこと。

「旦那様」

久助の声。

「なんだい」

「ちょいとお客様なんで、下りてきていただけますか」

「そうかい。わかった」

下りていくと、店の入り口に立つ男がぺこりと頭を下げる。

「こんにちは、亀屋さん」

「こんにちは、ようこそいらっしゃいませ」

「本を買いに来たんじゃありません。ちょいとお尋ねしたいと存じまして」

「なんでしょうか」

「旦那、勘兵衛さんとおっしゃる、すぐそこの長屋の大家さんですよね」

「ああ、そうですが、なにか」

「ちょいと小耳に挟んだんですが、空きがあるそうで」

「え」

「ですから、十軒のうち、一軒空いてるんでしょ」

「はあ。まあ、それが」

「そうですか。実はね、あたし、浅草で幇間《ほうかん》、太鼓持ちをしております銀八《ぎんぱち》と申します」

「銀八さんですか」

「実は吉原に出入りしてましてね。それがつまらないことで、贔屓にしてくださってる旦那をしくじっちまいましてね。不義理が重なって、どうも浅草に居辛くなりました。で、こっちの元吉原、遊廓はないけど、お茶屋はけっこうあるでしょ。だから、まあ、住むところでいいところでもあればなあと思って、うろうろしてましたら、こちらに空きがあるというのを知りまして、どうでしょうね。あたしのような者でも、お貸し願えますでしょうか」

「うちの長屋を借りたいと、そうおっしゃるわけですね」

「さようでございます」

「そうでしたか。いや、せっかくお越しいただいたのに、申し訳ないですなあ。実はもう、入る人は決まっておりまして」

「へえ、そうなんですか。いつ」

「すぐ、近々ですよ」

「残念だなあ。まだ、新しいですよね。おたくの長屋」

「去年の八月ですから、もう半年以上」

「地主さんは、どちらの」

「いえ、まあ、ちょいとした大店の」

「そうですか。ここらは場所もいいし。表通りの相当の大店なんでしょうね」

「申し訳ないが」

「あ、いえいえ、こちらこそ、急に押しかけまして。もし、さきほどの近々入られる方、なにかの都合でお断りになられたら、あたし、またお願いしてもよろしいでしょうか」

「まあね。そのときはまたそのときに」

「どうも、お邪魔しました」

男は帰っていく。

「久助」

「はい、旦那様」

「なんだろうね、今の人」

「長屋に入りたい人じゃないですかね」

「引き札も出してないんだ。どこにも店子なんて募っていないし、どうして知ったんだろう」

「物売りは長屋に入ってきますから、ちらっと空き店があること、気がつくのもいるかもしれませんけど」

空き店には隠密活動のための武器、薬品、道具、衣装などが隠されている。部外者に長屋を貸しては、隠密のお役目の妨げになる。なんとかやんわりと断ったが、銀八という男、よほど気に入っているのか、未練たらたらだった。

考えてみれば、昨年八月から今まで、長屋の一軒はずっと空き店のまま。借りたいと申し出る者はひとりもいなかった。貸し店の札を出しているわけでもなく、店子を募ってもいない。銀八という幇間、胡散臭《うさんくさ》いではないか。

何者であろう。もし、同業の間者だとすれば、昨年八月からの世直しの数々、なにかがきっかけとなり、公儀が勘兵衛長屋に探りを入れようとしているのか。

今後の動き、派手にならないよう、もう少し用心するとしよう。

二見時代小説文庫

長屋《ながや》の仇討《あだう》ち　大江戸秘密指令《おおえどひみつしれい》5

二〇二四年　七　月二十五日　初版発行

著者　伊丹《いたみ》　完《かん》

発行所　株式会社　二見書房
〒一〇一-八四〇五
東京都千代田区神田三崎町二-一八-一一
電話　〇三-三五一五-二三一一［営業］
〇三-三五一五-二三一三［編集］
振替　〇〇一七〇-四-二六三九

印刷　株式会社　堀内印刷所
製本　株式会社　村上製本所

　ISBN978-4-576-24057-2
https://www.futami.co.jp/historical

伊丹 完

大江戸秘密指令

シリーズ

以下続刊

①隠密長屋の十人
②景気回復大作戦
③お殿様の出番
④お化け退治
⑤長屋の仇討《あだう》ち

小栗《おぐり》藩主の松平若狭介《わかさのすけ》から「すぐにも死んでくれ」と言われて、権田又十郎《ごんだまたじゅうろう》は息を呑むが、平然と落ち着き払い、ひれ伏して、「ご下命とあらば……」と覚悟を決める。ところが、なんと「この後は日本橋の裏長屋の大家《おおや》として生まれ変わるのじゃ」との下命だった。勘兵衛《かんべえ》と名を変え、藩のはみ出し者たちと共に町人になりすまし、江戸にはびこる悪を懲《こ》らしめるというのだが……。

早見 俊

剣客旗本と半玉同心捕物暦

シリーズ

以下続刊

①試練の初手柄
②海猫の遺恨

香取民部《かとりみんぶ》は蘭方医の道を断念し、亡き兄の跡を継いで十手《じって》御用を担ったばかり。武芸はさっぱりの「半玉《はんぎょく》」だが、相次ぐ殺しの探索を行うことに…。民部を支えるのは剣客《けんかく》旗本の船岡虎之介《ふなおかとらのすけ》、叔父・大目付岩坂備前守《いわさかびぜんのかみ》の命《めい》を受け、兵《ひょう》藤成義《どうなりよし》一之宮《いちのみや》藩主の闇を暴こうとしているが、それは民部の追う殺しとも関係しているらしい。そして兄・兵部《ひょうぶ》の死の真相も明らかになっていく…。